मोहब्बत की दुकान

यशवंत व्यास

युवान बुक्स

अनबाउंड स्क्रिप्ट का उपक्रम

मोहब्बत की दुकान : यशवंत व्यास

First publish under khataakk fiction stories : 2024

अनबाउंड से प्रथम संस्करण : जनवरी, 2025

ISBN : 978-93-48497-47-5

प्रकाशक : अनबाउंड स्क्रिप्ट
2/41, अंसारी रोड, दरियागंज दिल्ली -110002
वेबसाईट : www.unboundscript.com
ई-मेल : books@unboundscript.com
फोन नं. : 011-35807601

MOHABBAT KI DUKAAN
Written by Yashwant Vyas

मूल्य : ₹160/-

मुद्रक : यश प्रिंटोग्राफ़िक्स, उत्तर प्रदेश

यह पुस्तक हास्य-व्यंग्य शिल्प के अंतर्गत स्वतंत्र साहित्यिक कल्पना है और किसी भी यथार्थ स्थान, व्यक्ति, चरित्र या घटना से इसका कोई सम्बन्ध नहीं है। किसी व्यक्ति या समुदाय के प्रति किसी भी रूप में अवमाननाकारक इरादे का लेखक एवं प्रकाशक निषेध करते हैं।

इस रचना में जातक, पंचतंत्र हितोपदेश, जेन कथाओं के साथ खलील जिब्रान और ईसप की बोध कथाओं का प्रसंगानुसार उपयोग किया गया है। जिस शायर के शे'र इस्तेमाल किए गए हैं, उन्हें यथास्थान नाम के साथ उद्धृत किया गया है। हम सभी के प्रति कृतज्ञ हैं।

समर्पण

उन कन्सल्टेन्सी देने वाले
महापुरुषों को, जो रोज़ नए
आइडिया लाते हैं
और हर बार किसी नई पार्टी
को बेचते नज़र आते हैं।

मुझसे तो दिल भी मोहब्बत में ख़र्च नहीं हुआ
तुम तो कहते थे कि इस काम में घर लगता है

-अब्बास ताबिश

सिलसिला

ज़ुमला कंपनी
द बिगनिंग

कब्रों में नहीं हमको किताबों में उतारो
हम लोग मोहब्बत की कहानी में मरे हैं
- एजाज़ तवक्कल

सोहनी-महिवाल ने लोधी गार्डन में जॉगिंग करते हुए प्लान बनाया कि वे अब कोई नया बिजनेस शुरू करेंगे, जिसमें थोड़ा एक्साइटमेंट हो !

इस इरादे की तीन वजहें थीं -

1. दोनों लगभग बूढ़े हो चुके थे मगर मानने को तैयार नहीं थे।

2. उनके पास कोई प्रॉविडेंट फंड नहीं था। ग्रेच्यूटी जैसी बातों से वे अनजान थे। अपने गीत गाते-गाते वे खुद बोर हो गए थे।

3. उनके पास मटके बनाने के सिवा कोई हुनर नहीं था। ऊपर से उस दुर्घटना के बाद, जिसमें मटके के सहारे तैरती सोहनी मिलने आती थी, लेकिन किसी ने कच्चा घड़ा रख दिया था, महिवाल का खुद का यकीन मटकों से उठ गया था।

सवाल यह था कि वे लोधी गार्डन ही क्यों आए थे? जॉगिंग तो म्यूनिसिपल गार्डन में भी की जा सकती थी। वजह थी किसी सयाने की सलाह कि, रहो भले ही जमुना पार मंडावली की बस्ती में लेकिन किराए का एक एड्रेस गुलमोहर पार्क का जरूर रक्खो ! वर्ना आर्टिस्ट को वाजिब दाम नहीं मिलता, कायदे की तवज्जो नहीं मिलती। इसी तवज्जो की खातिर, वे जब भी बहुत निराश होते, खान मार्केट से कबाब खाते और खुद को रिचार्ज करते। चूंकि अवाम को ऊपर उठाने वाले यहां इफरात में पाए जाते थे, लोधी गार्डन की जॉगिंग उन्हें जनता के करीब होते हुए भी जनता से ऊपर उठा देती।

यहां उन्हें कभी-कभी ऐसे नुस्खे भी मिल जाया करते कि वे 'अहा' कर उठते। एक बार महिवाल को भैंस की पूंछ से लगी पुरानी मार और उसकी टीस बहुत परेशान कर रही थी। सोहनी ने इस्पात मंत्रालय में ठेके दिलाने वाले एक ऐसे शख्स से मिलवाया, जो लोहे के सरियों से टीस का इलाज कर देता था। एक बार दोनों का पेट खराब हुआ तो यूरिया से दूध बनाने वाले एक चमत्कारी शख्स ने मिनटों में ठीक किया था। यह आदमी डेयरी मंत्रालय का लख़्तेजिगर था।

ऐसे ही एक दफे सोहनी का भयंकर सिरदर्द किसी जीन्स-कुर्ते वाली बुजुर्ग मोहतरमा ने सिर्फ दुपट्टे के ऐवज में छूमंतर कर दिया था। वो ऐसे कि जिस एनजीओ को वे चलाती थीं, उस एनजीओ ने वह दुपट्टा वैलेंटाइन डे पर दुखियारी प्रेमिकाओं के सहायतार्थ नीलामी पर टिका दिया। यह वाकया कुछ इस

कदर वायरल हुआ कि उसकी रीलें देख-देखकर ही सोहनी की तबियत हरी हो गई।

यही वजह थी कि जब दोनों को नए प्लान की सूझी तो पहला ख्याल ये आया कि किसी नंबर वन कन्सल्टेंट को खोजें।

कन्सल्टेंट बड़ी मार्के की चीज होते हैं। जो चीज आपके पास हो, उसे वे बेकार कर सकते हैं। जो चीज आपके पास न हो, उसका व्यापार खड़ा कर सकते हैं। गोकि वे खुद कुछ भी नहीं करते पर दूसरों के कुछ का कुछ भी कर सकते हैं। वे जनता की कुल्फी बनाकर चुस्की लेने का तरीका ईजाद करते हैं। कभी सोहनी-महिवाल के गाए गीतों की रॉयल्टी का मसला ऐसे ही एक कन्सल्टेंट ने सुलझाया था, जो अब तक मोहब्बत के मुआवज़ों के इतिहास में पहली नज़ीर मानी जाती है। सोहनी ने महिवाल को इशारा करते हुए बताया कि सामने के ट्रैक पर जो हाथ घुमाता हुआ दौड़ रहा है, उसकी पार्टी पहले एक सीट नहीं लाती थी। जबसे उसने एक कन्सल्टेंट पकड़ा तब से वह सरकारें गिराता-बनाता है, भले ही उसकी अपनी कोई पार्टी नहीं बची है।

महिवाल ने कहा, ' क्या इसका भी वही कन्सल्टेंट था, जिसने एक को कहा 'अच्छे दिन आएंगे' और दूसरे को कहा 'चारपाई पर चर्चा' करो। दूसरे की चारपाइयां ही चोरी हो गईं। पहला अलबत्ता कन्सल्टेंट के बिना भी धुआंधार चलता दिखाई देता है। कहीं यह ज्योतिषी जैसा मसला तो नहीं कि आधों को कहो

- लड़का होगा, आधों को कहो- लड़की। जहां सही हो जाए, वही पब्लिसिटी करते फिरेंगे कि भाई ज्योतिषी तो कमाल का है।'

सोहनी ने तभी ट्रैक पर देखा, सिर घुमाता हुआ वह शख्स उनकी तरफ ही चला आ रहा है।

दरअसल वह उनकी तरफ आ नहीं रहा था, सिर घुमाते-घुमाते उसका ट्रैक बदल गया था।

सोहनी ने और ध्यान से देखा, अरे वह तो खुद कन्सल्टेंट था।

शाहिद लतीफ का शेर उसके मुंह से बेसाख़्ता निकला -

कोई लहजा कोई जुमला कोई चेहरा निकल आया
पुराने ताक के सामान से क्या-क्या निकल आया

तीन दिन बाद

सोहनी-महिवाल ने कन्सल्टेंट के कॉरपोरेट ऑफिस में तीन दिन बिताए। कन्सल्टेंट की टीम ने कई पॉवर पॉइंट प्रेजेंटेशन बनाए। डेटा डाला, डेटा निकाला। ग्राफिक्स बनाए। एनीमेशन और स्लाइड्स की भरमार हुई। सर्वे हुए। इंटरव्यू हुए। एनालिसिस हुआ। धुलाई और रगड़ाई हुई। इतना सब करने के बाद वे कन्सल्टेंट के साथ फाइनल सेशन के लिए ले जाए गए।

कन्सल्टेंट टेबल पर लिट्टी-चोखा लिए बैठा था।

'आप खाइएगा?' उसने पूछा।

'जी नहीं, अभी हम डेटा खाकर आए हैं।'

कन्सल्टेंट ने गर्दन घुमाकर सेक्रेटरी से पूछा -- पैसा ट्रांसफर हो गया ?

महिवाल ने ट्रांसफर के सबूत के तौर पर मोबाइल में सेव किया हुआ स्कीन शॉट दिखाया।

कन्सल्टेंसी का स्विच ऑन हो गया।

'तो चलिए अब हम देर किए बगैर आपको बिजनेस, बिजनेस स्ट्रेटेजी, विजन, यूएसपी और ब्रांड की कोर वैल्यू बताएंगे। '

कन्सल्टेंट ने ज्ञान देना आरंभ किया, 'आप मोहब्बत के मारे हैं। लीजिए खलील जिब्रान की ये कहानी सुनिए।'

एक दिन खूबसूरती और बदसूरती समंदर के तट पर घूमती हुई टकरा गई। दोनों ने कहा, चलो समंदर में नहाते हैं। दोनों ने कपड़ा-उपड़ा उतारा और उतर गई समंदर में। तैरा-उरा, खूब नहाया। थोड़ी देर में बदसूरती बाहर आई और खूबसूरती के कपड़े पहन कर चलती बनी। जब खूबसूरती खुद बाहर आई तो उसके कपड़े कहीं नहीं थे। बेचारी लाज के मारे बड़ी सकुचाई। आखिर क्या करती ? बदन छुपाने को वहां पड़े बदसूरती के कपड़े पहनकर ही अपने रास्ते लगी। अब आप लोग बताएंगे कि इस कहानी का निष्कर्ष क्या निकला?

सोहनी खलील जिब्रान की फैन थी। उसने कहा, एक ही निष्कर्ष है - कपड़े। इसी वजह से आज तक औरतें-आदमी उन दोनों को पहचानने में भूल कर जाते हैं।

महिवाल ने जोड़ा, फिर भी कुछ लोग हैं जिन्होंने कपड़ों के अलावा दोनों के चेहरे भी देखे थे इसलिए खूबसूरती के चुराए कपड़ों में खड़ी बदूसरती को भी वे पहचान जाते हैं। बदसूरती उनकी आंखों को धोखा नहीं दे सकती।

कन्सल्टेंट बोला, आपने सही पकड़ा है - लेकिन सिर्फ कहानी पकड़ी है। हम फीस इस बात की लेते हैं कि कहानी के पार क्या है - यह पकड़वा सकें ।

आगे कन्सल्टेंट ने एमआरआई रिपोर्ट देखकर गंभीर हुए डॉक्टर की तरह फ़ैसलाकुन अंदाज़ में कहा, मैं आपको कपड़ों के धंधे में उतरने की सलाह दूंगा।

इस धंधे के ये तीन एलीमेंट होंगे -

1. ब्रांड की कोर वैल्यू है - मोहब्बत।

जैसे किसी आइसक्रीम कंपनी की कोर वैल्यू हो सकती है- संपूर्ण विश्व को आनंद के एक भाव में बांधना। यानी काश्मीर से कन्याकुमारी तक, मालेगांव से मैनहटन तक जो भी उसे जीभ से लगाएगा, एक सा आनंद पाएगा। जितना बेचोगे, जितनों की जीभ से लगोगे ,उतना विश्व कल्याण होगा।

2. ब्रांड का विजन है - 'किक'।

विजन माने वह विराट उद्देश्य जिसके लिए प्रोडक्ट लाया जा रहा है। 'किक' यानी स्वाद और गंध का तगड़ा अहसास। मोहब्बत की न्यूरो केमिस्ट्री कहती है कि ये दिमागी रसायनों की कॉकटेल है। इस कॉकटेल की किक ही आपका विजन है। कुदरत में कोई 'फ्री लव' नहीं होता। मोर को भी मोरनी के लिए नाचना पड़ता है। हर एक को कुछ पाने के लिए कुछ देना पड़ता है। पैसा मोहब्बत खरीद नहीं सकता पर पैसा मोहब्बत पाने का रास्ता आसान कर सकता है। और, इसके उलट तगड़ी मोहब्बत पैसों की जरूरत घटा भी सकती है। ये सब

मिलकर आपके धंधे को अलौकिक बनाते हैं। 'कौर वैल्यू' की इस पहचान से आपका विजन ऊपर उठ जाएगा।

3. **बिजनेस स्ट्रेटेजी ये है कि -** आपके **कपड़ा** बिजनेस में **कपड़े ही नहीं** होंगे। ब्रांड का यूएसपी ये है कि बिना कपड़ों के कपड़ों के धंधे में ये पहला ब्रांड होगा।

- कपड़े जो विचार हैं।
- विचार जो जुमले हैं।
- जुमले जो जिंदगी हैं।
- जुमले ही जिंदगी हैं।

अचानक कमरा प्रकाश से भर गया।

बदसूरती नहाकर निकली और खूबसूरती के कपड़े पहनकर चलती बनी। कपड़े जो विचार थे। विचार जो जुमले थे। जुमले जो जिंदगी थे।

कन्सल्टेंट उठा और चला गया -

गर्म कोट पहनकर विचारों की तरह!

सोहनी-महिवाल बोधि को प्राप्त हुए।

दोनों के होश में आते ही देश को मिली एक महान लिमिटेड लायबिलिटी पार्टनरशिप फर्म - द जुमला कंपनी एलएलपी

देखते ही देखते दुनिया के तमाम बीमार-ए-मोहब्बत द जुमला

कंपनी के क्लाइंट हुए और इस तरह अपने दौर की सबसे जबर्दस्त क्रांति की शुरुआत हुई।

इसी चला-चली में पैदा हुआ जुमला-जलजला और बनी जानलेवा जुमला कथाएं जो झेलम-चनाब से मुंबई -धारावी की सीवरेज लाइन तक एक जैसी मोहब्बत से सुनाई, गाई और गुनगुनाई जाती हैं। दास्तानगो इसी की मेहरबानी से अपनी रोज़ी कमाए जाते हैं और गलियों में तितलियाँ उड़ाए जाते हैं।

जुमला चार्टर

द जुमला कंपनी इस बात में यक़ीन रखती है कि उद्‌देश्यों को पारदर्शी रखा जाए। इस उद्‌देश्य की प्राप्ति के लिए कंपनी जनकल्याणकारी, ग्राहक-हितैषी तथा सभी हित-धारकों के पारस्परिक हितों के अनुकूल जुमला चार्टर घोषित करते हुए अत्यंत गौरव का अनुभव करती है। मेहरबानी करके इसे कोई गारंटीड अनुबंध या घोषणापत्र आदि न समझ कर जुमलेबाज़ी के महान उद्‌देश्यों को पूरा करने का प्राथमिक उपक्रम मानें।

1. **एक जुमला, हज़ार अमला -** यानी हज़ार लोगों की टीम भी जो बरसों की मेहनत से नहीं कर सकती, वह एक व्यक्ति,एक जुमले से मुमकिन कर सकता है। जुमलों को जीवन का यथार्थ समझते हुए कंपनी इनके चहुंमुखी विकास की कामना करती है।

2. **दूध-घी की नदियां** बहने की बात जब लोग करते हैं तो कुछ लोगों को भरम हो जाता है कि तब डेयरी नहीं हुआ करती थी, ऊपर वाले की दुआ से नदियों में दूध उतरता होगा। झरने जब गिरते होंगे तो चट्टानों से टकराकर दही-घी का मसला हल हो जाता होगा। तब शायद पानी की नदियां अलग हुआ करती थीं। जब हुक्मरानों को खेल करना होता, वे नदियों को जोड़ने का प्रोजेक्ट पेश करते हुए कहते, दूध में पानी की नदी मिल जाएगी तो बेहिसाब फायदा होगा। एक तो दूध दुगुना हो जाएगा, लोग दूध से नहा भी सकेंगे और पूतों फल भी सकेंगे।

दूसरे हकीमों-वैद्यों के हिसाब से दूध सुपाच्य बन जाएगा। बच्चे-बूढ़े हजम कर सकेंगे। इस तरह पुरानी नस्ल और नई नस्ल को एक साथ ताकतवर बनाया जा सकेगा। जुमला कंपनी मानती है कि ऐसी संभावनाएं आज भी मौजूद हैं। उनका पर्याप्त उत्खनन किया जाएगा।

3. **कंपनी सुनिश्चित करेगी** कि ऐसे सरकारी माहौल में परेशान विपक्षी यदि नदी जोड़ो योजना के प्राकृतिक खतरों पर सेमिनार करें या सरकार को ऑफिशियल मिलावटखोर घोषित कर दें तो इसका पर्दाफाश किया जाए। इनमें से ही कई पीछे से नदी का दूध-पानी चुराकर टैंकर माफिया चलाते होंगे। हंसों की कंपनी धुआंधार चलती होगी जो रईसों को दूध-पानी अलग करके देती होगी। हंसों की सुरक्षा के साथ इस तरह की साजिशों को जड़ से समाप्त किया जाएगा।

4. **कंपनी समानता के अधिकार की प्रस्थापना** के लिए प्रतिबद्ध है। इस बात के पक्के सबूत हैं कि

दूध-दही की नदियां बहाना भी एक अहमतरीन जुमला है। गोकि सिर्फ दौर की अमीरी के लिए इसका प्रतीक इस्तेमाल होता है। लेकिन अमीरी की बात किसे अच्छी नहीं लगती ? लिहाज़ा सबको सामान रूप से ऐसी नदियों का मज़ा लेने का हक़ दिलाया जाएगा ।

5. **जुमला अगर अधूरा** भी बोला जाए तो बाकी बात चेहरा बोल देता है। चेहरे पे कई बार पूरी बात न आए तो बाजवक्त लोग आंखों में झांक लेते हैं। जिन्हें आंखों में झांकने में मेहनत लगती है, वे सिर्फ कानों की लवों पर भरोसा करते हैं। कुछ लोगों को अधूरे जुमले बोलने के बाद हाथ से कुछ खास इशारा करने में महारत हासिल है। वे जुमला आधा बोलते हैं, बाकी उनका हाथ पूरा कर देता है।

कंपनी हाथ, कान और जुबान की कला के विकास के लिए एक विद्वत परिषद् का गठन करेगी।

6. **कभी-कभी जुमले की इतनी मांग होती है** कि मजबूरन रात-दिन जुमले गढ़ने की फैक्टरी चलानी पड़ती है। ऐसी फैक्टरियों का नियमन किया जाएगा, उन्हें इज ऑफ़ डूइंग बिज़नेस के तहत विशेष पैकेज दिया जाए, इसकी मांग तेज़ की जाएगी।

7. **स्ट्रीट फूड की तरह गुमटी-गली-चौराहे पर भी** सस्ते और गरमागरम जुमले सप्लाई किए जाते हैं पर उनका कोई माई-बाप नहीं होता। जो हथिया ले ये उसका समां बांधने लगते हैं। लेकिन एक तरह से ये जुमले जिन्हें लोग बगैर माई-बाप का समझकर हथियाते हैं, सार्वजनिक जीवन की अमूल्य निधि हैं। ये पब्लिक डोमेन में क्रिएटिव कॉमन्स लाइसेंस के तहत उपलब्ध हों, इसका प्रयास किया जाएगा।

8. **जैसे स्ट्रीट फूड की गली में हर ठेला** , हर किऑस्क यह दावा करता है कि उसकी रेसिपी असली है उसी तरह 'नानी मरना', 'नानी याद दिलाना' जैसे शौर्य और करुणा से

भरे जुमलों के बारे में कोई पक्का नहीं कह सकता कि पहली बार किसने उसे पैदा किया। अलबत्ता इस्तेमाल की तारीख से लोग अंदाजा लगाते हैं कि यह किस ऐतिहासिक अवसर पर जारी हुआ होगा। द जुमला कंपनी एक संग्रहालय बनाएगी जिसमें जुमलों की उत्पत्ति, इतिहास और प्रभाव पर काम किया जाएगा ।

9. **दिलकश समां तब बंधता है** जब जुमले का जवाब जुमले से ही आता है। हालांकि जवाब देने वाला दावा करता है कि पहले वाला तो जुमला बोल रहा था, एक मैं ही हूं कि सच में चांद-तारे तोड़कर उन्हें बोरियों में भर के बांटूंगा। ये बोरियां कहाँ बनती हैं, इस पर नासा से करार करके शोध को गति दी जाएगी।

10. **जब जुमलों की प्रतियोगिता होती है** तो देश की प्रगति होती है। कई बार लीडर बहुत काम करते हैं और जुमले नहीं दे पाते। कुछ मंजे हुए लीडर

जुमले और काम का कॉम्बो देते हैं। ऐसे लीडर उन लीडरों के लिए बड़ी मुसीबत बन जाते हैं जो सिर्फ जुमलों से सब निपटाने का अभ्यास करते करते अपनी जवानी होम कर बैठे। जुमला कंपनी उनकी जवानी पर काम करेगी।

11. **आई क्यू (IQ) की बजाय इ क्यू (EQ)** पर काम करते हुए यह सुनिश्चित किया जाएगा कि जुमलों की ताकत का इस्तेमाल समाज में अधिक से अधिक हो। इसके लिए कार्य समूह बनाये जाएंगे ताकि सभी इमोशंस (E) यानी भावनाएं, सभी रिलेशन्स (R) यानी रिश्ते और सभी एक्शन्स (A) यानि कारगुजारियां जुमलों में बदल जाएं। ये प्रोग्राम ERA नाम से जाना जायेगा, जिसका अर्थ है युग।
12. **कंपनी कन्सल्टेंसी के जरिये** अपने कार्य क्षेत्र में सम्पूर्ण युग यानी ERA बदलने के लिए प्रतिबद्ध है।
13. **मोहब्बत की दुकान** के कॉन्सेप्ट को एक स्वतंत्र वर्टीकल के रूप में विकसित किया जाएगा।

दरअसल यही वर्टीकल कंपनी की बुनियाद है, या यों कहें कि ये है तो कंपनी है। यह सभी उक्त 12 बिन्दुओं में समाहित है किन्तु जुमलों की परंपरा के अनुरूप इसे चार्टर के अंत में प्रकट किया गया है।

कंपनी इन तथ्यों को अपनी आत्मा में अंगीकार करने की घोषणा करती है –

- अभी तक किसी खुदाई में ऐसा कोई सबूत सामने नहीं आया है कि जुमले से किसी का कोई नुकसान हुआ हो। जुमलों की इस शक्ति को हम समर्थन देते हैं।
- जुमले इंसानियत के भीतर विश्वास भरते हैं। किसी तस्कर को मालूम हो जाए कि उसकी एक्सपायरी डेट कल चार बजे की है उसके बाद इस दुनिया में उसका कुछ न रहेगा तो शायद वो आज मर जाए या साधु हो जाए।

मगर, एक जुमला उसे एक्सपायरी डेट तक इतना साहस दे सकता है कि वो दुनिया छोड़ने से पहले पाकिस्तान की नाव में हिंदुस्तान के किनारे नई खेप लगाकर तस्करी का रिकॉर्ड कायम कर दे। बाद उसके चार चुनावों तक उसका ये कारनामा देशभक्ति और देशद्रोह की बहसों में काम आए यानी उसका जीवन जम्हूरियत की थाती बन जाए।

- जुमले का डिक्शनरी में अर्थ-वाक्य या फिकरा है या फिर गणित के हिसाब से कुल, ग्रैंड टोटल, महायोग या जोड़-जमा के आसपास ! ज्यादा बड़े जानकार जानते हैं कि जैसे 'जमल' यानी ऊंट की करवट का पता नहीं चलता उसी तरह जुमलेबाज के इरादे का अंदाजा लगाना मुश्किल है। वो किसी करवट बैठने वाला जमल भी हो सकता है और मुजामिल भी। इसलिए गणित की जोड़-तोड़ पे तो उसका पैदाइशी हक है।

चूंकि जमल अरबी से आया लफ्ज़ है लिहाज़ा ऊंट की ख़ासियत उसके मानी में भी शामिल हो सकती है। जैसे अरबी सबको नहीं आती, मानी पर भी सब लोग नहीं जाते। हालांकि इसका किसी मुल्क या बोली से कोई ताल्लुक नहीं, ये ग्लोबल फिनॉमिना है।

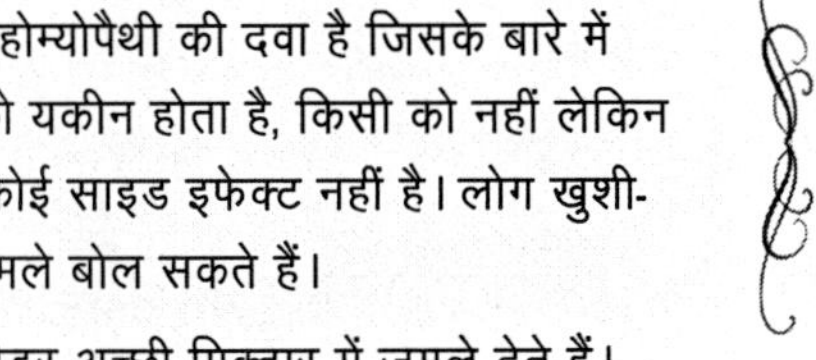

- जुमला होम्योपैथी की दवा है जिसके बारे में किसी को यकीन होता है, किसी को नहीं लेकिन इसका कोई साइड इफेक्ट नहीं है। लोग खुशी-खुशी जुमले बोल सकते हैं।

- अच्छे लीडर अच्छी मिक्दार में जुमले देते हैं। पब्लिक को जुमलों में मजा आता है और जिस चीज में मजा हो उसका पुण्य लीडर को सबसे ज्यादा लगता है। इससे बड़ी ख़ुशी की बात क्या होगी कि लोग जुमले खाकर ही सालों-साल जिंदा रह सकते हैं।

ज़ुमला कंपनी
द राइज़िंग

मुंह में कुछ खोखले बे-मअ'नी से जुमले रख लो
मुख़तलिफ हाथों से सिक्कों की तरह घिसते रहो।
-निदा फाज़ली

मजनूं लाओ, देश बचाओ

देश में भारी अराजकता थी। एक यू ट्यूबर के अनुसार दिन में पच्चीस गालियां देने के बावजूद अभिव्यक्ति की स्वतंत्रता ख़तरे में थी। उसे डर था कि पच्चीस की जगह उसने अगर छब्बीसवीं गाली दे दी तो तत्काल अंदर हो जाएगा।

एक दिन उसने सचमुच गालियों की मिकदार बढ़ाई।

पच्चीस से तीस। कुछ नहीं हुआ। तीस से सीधी चालीस।फिर भी कुछ नहीं हुआ। चालीस से ऊपर जाने से पहले उसने खूब शोर मचाया - लोग बहरे हो गए हैं या मेरी गालियां उचित लोगों तक पहुंचने नहीं दी जा रही है। लगता है यह कोई भारी साजिश है।

मजनूं ने देखा इस तरह के करीब पन्द्रह चैनल हैं जो 'यहां

बोलने नहीं दिया जाता' - यही बोल-बोल के कमा-खा रहे हैं। यदि वह इनका रहबर हो जाए तो क्या हो?

मंजनू की पूंजी थी वो पत्थर जो लोगों ने कभी उसे मारे थे। उसने चुने हुए पत्थर सहेजकर रखे थे। इन पत्थरों पर ही उसने दांव खेलने का प्लान बनाया। यों तो घाव भी अभी काम आते पर वह प्लास्टिक सर्जरी करा चुका था।

तो, मजनूं ने पत्थरों की एक प्रदर्शनी लगाई और 'बोलने नहीं दिया जाता' वाले यू ट्यूबरों को बुलाया।

वे सब आए और गले मिल-मिल कर रोए। लैला ने जब प्रदर्शनी बंद की तो देखा, हाल साफ था।

यू ट्यूबर पत्थरों पर हाथ साफ कर गए थे।

अब वे पत्थरों से खुद को घायल कर रहे हैं।

शाम को स्क्रीन पर पट्टी बांधे आते हैं। जुमला चलाते हैं - मजनूं लाओ, देश बचाओ।

हर यू-ट्यूबर मजनूं है।

हर सब्स्क्राइबर लैला।

लैला से असली मजनूं पूछता है - तुम्हारी पाजेब तो सुरक्षित है?

लैला कहती है - वो तो कन्सल्टेंट ने पिछले हफ्ते ही गोल्ड लोन कंपनी में रेहन रखवा दी थी।

जूलियट ने बनाया आलू से सोना

रोमियो-जूलियट को जुमला कंपनी के चीफ कन्सल्टेंट ने कहा, तुम वो सब कर सकते हो जो मोहब्बत में कभी करना रह गया था। कुछ अतीत में जाकर देखो।

रोमियो-जूलियट अतीत में गए।

उन्होंने देखा कि वे उसी बाग में हैं जहां गुप्त शादी की थी। उन्हें याद आया - जब जूलियट की शादी दूसरी जगह होने लगी तो उसने बचने के लिए ऐसा द्रव पी लिया था जिसमें वह मरी हुई दिखे मगर मरे नहीं। जब वह मृतवत् हो गई तो उसे दफना दिया गया। हाहाकार करता रोमियो कब्र पर पहुंचा और जूलियट को सचमुच मरा जानकर उसने भी वहीं मौत को

गले लगा लिया। जब जूलियट जागी तो उसने देखा कि रोमियो मरा पड़ा है। दुख से भरकर उसने रोमियो की कटार निकाली और खुद को खत्म कर लिया।

अतीत से वे वर्तमान में लौटे तो कन्सल्टेंट के तीन सुझाव थे -

1. वो द्रव जो जूलियट ने 'मरा जैसा' होने के लिए पिया था - उसकी पैकिंग करने बेचना शुरू कर दें ।

2. उस कटार के नमूने बनाकर मार्केटिंग करें जिसे जूलियट ने रोमियो की कमर से निकालकर खुद के सीने में भोंका था।

3. दोनों मिलकर एक बैंड बनाएं और मौत-मोहब्बत का डार्क-फ्यूजन करके नया अलबम रिलीज कर दें।

जूलियट, रोमियो के मुकाबले ज्यादा समझदार थी। उसने ज़हर, कटार और गाने के मामले में बड़े कंपीटीशन को देख लिया -

1. ज़हर कोई खरीदता नहीं था, सब अपने-अपने हिसाब से बना लेते थे। किसी-किसी के लिए पानी भी ज़हर था और ज़हर भी पानी।

2. कटार का मार्केट रियल से पिटकर वर्चुअल में चला गया था। लोग किसी की पीठ में विचार मात्र से कटार भोंक देते थे।

3. गाने से वे बोर हो चुके थे। ऊपर से कई हत्यारे गैंग गानों के धंधे में आ गए थे - उनसे जूलियट को सौदा मंजूर नहीं था।

कन्सल्टेंट ने जब देखा कि क्लाइन्ट को कोई आइडिया नहीं जम रहा है तो अपनी फीस जस्टीफाई करने के लिए वह दफ्तर के पिछवाड़े से एक मशीन उठा लाया। मशीन देते हुए उसने जूलियट से कहा - इस पर किस्मत आजमाओ। इसमें इधर से आलू डालोगे, तो उधर से सोना निकलेगा।

रोमियो-जूलियट निहाल हो गए।

अब जूलियट रोज मशीन में इधर से आलू डालती है, उधर से सोना निकलता है।

इधर से और आलू डालती है, उधर से और सोना निकलता है।

इधर से और-और आलू डालती है, उधर से और-और सोना निकलता है।

थोड़े दिन में आलू मार्केट से गायब हो गया ।

सोना ही सोना सर्वत्र हो गया।

जूलियट सोने के ढेर पर भूखी बैठी है।

रोमियो अब सोने से आलू बनाने की मशीन खोजने गया है।

रोमियो ने सोने से आलू बनाया

रोमियो बन-बन भटकता फिरा।

घूमते-घूमते फिर कन्सल्टेंट से टकरा गया।

रोमियो ने अपनी मुश्किल बयान की, 'तुमने हमें ऐसी मशीन दी कि अब सोना ही सोना है पर आलू खोजे नहीं मिल रहा है। जूलियट सोने के ढेर पर बैठी है, पर भूखी है।'

कन्सल्टेंट ने कहा, अब मैं तुम्हें ऐसी मशीन दूंगा जिसमें इधर से सोना डालोगे, उधर से आलू निकलेगा।

रोमियो खुशी-खुशी जूलियट के पास नई मशीन लेकर पहुंचा।

जूलियट ने संदेह किया, पहले वह आलू से सोना बनाने की तरकीब बता रहा था तो हमारा ये हाल हुआ। अब फिर उल्टी

चक्की पीसें? इस सोने से आलू बनाएं? मैं ये रिस्क नहीं लूंगी।

रोमियो ने कहा, चिंता न करो, इस बार मैं मशीन पर बैठता हूं। तुम उधर से सोना डालो, इधर से आलू निकलेगा।

कमज़ोर-भूखी जूलियट ने किसी तरह सोने का तसला भरा और मशीन में डाला।

एक भी आलू बाहर नहीं आया।

फिर सोना डाला, फिर भी आलू नहीं निकला।

फिर-फिर सोना डाला, फिर-फिर आलू नहीं निकला।

सारा सोना खत्म हो गया, पर एक आलू हाथ नहीं आया।

सोना खत्म। आलू खत्म।

थक-हार कर रोमियो ने मशीन को मुक्का जड़ दिया।

मशीन से इस बार एक पर्ची निकल कर आई -

'इश्क नाजुक मिजाज़ है बेहद

अक्ल का बोझ उठा नहीं सकता।'

- अकबर इलाहाबादी

जूलियट हँस पड़ी। हंसती जूलियट का फोटो खींचकर कन्सल्टेंट ने पोस्टर बना दिया।

पोस्टर जगह-जगह लगे हैं।

नीचे लिखा है - अच्छे दिन आ रहे हैं।

रोमियो ज्ञान अभियान-1 ले के रहेंगे आज़ादी

जबसे जूलियट का पोस्टर बना कन्सल्टेंट के कहने से रोमियो दिन में चार टीशर्ट बदलने लगा।

हालांकि चारों एक रंग के थे इसलिए किसी को पता नहीं चलता था। सब समझते थे, बेचारा रोमियो एक जोड़ी कपड़े में जिंदगी काट रहा है।

इस गरीबी की चमक के चलते वह हार्वर्ड से लेकर हनुमानगढ़ तक यूनिवर्सिटी में अर्थशास्त्र पर ज्ञान बघारने के लिए बुलाया जाने लगा।

वह समाजशास्त्र और भूगोल पर बोलता, लोग उससे नागरिक शास्त्र का सवाल करते। बदले में वह जवाब पाकशास्त्र का दे देता।

रोमियो की समस्या यह थी कि कोई उससे उस दुख के बारे में बात नहीं करता था जो उसने जूलियट की मोहब्बत में झेला था।

एक दिन उसने टीशर्ट की बजाय छोटा कुर्ता पहन लिया। जब दर्शनशास्त्र पर सवाल हुआ, उसने अपनी जेब में हाथ डाला और पहले से फाड़ा हुआ जेब दिखाकर बोला, 'मेरी तो जेब ही फटी है, फूटी कौड़ी तक नहीं है - आप सोच लीजिए अर्थशास्त्र के सवालों का जवाब मैं कैसे दे सकता हूं?'

लड़कों ने कहा आप हवाई जहाज से आए हैं। हवाई जहाज से आने वालों की जेब कट तो सकती है, फट नहीं सकती। इसलिए हमने दर्शनशास्त्र पर सवाल पूछा था। अर्थशास्त्र पर तो हम गए ही नहीं।

रोमियो को कन्सल्टेंट ने इससे ज्यादा जवाब नहीं सिखाए थे। उसने तय किया कि आज वह स्क्रिप्ट के बाहर जाकर बोलेगा।

उसने जोश में आकर कहा, क्या आदमी खुद अपनी जेब भी नहीं फाड़ सकता? मैं भी आम आदमी हूं। मेरी जेब है, अपनी जेब फाड़ना मेरा मौलिक अधिकार है। मैं बता रहा हूं आपको, एक दिन ऐसा आएगा जब आप अपनी जेब भी नहीं फाड़ पाएंगे। आपकी जेब जबर्दस्ती मज़बूत कर दी जाएगी। पक्की जेब में जबर्दस्ती रुपए भर दिए जाएंगे। आपकी गरीब रहने

की, फटी जेब रखने की आजादी छीन ली जाएगी।

लड़के हंसने लगे।

रोमियो उत्साहित हुआ। उसने सोचा, काफी ऐतिहासिक बात हो गई है।

उसने पोडियम पर जोर से मुक्का मार दिया।

रोमियो का हाथ टूट गया।

अब वह जेब में हाथ भी नहीं डाल सकता था।

टूटा हाथ लिए रोमियो कन्सल्टेंट के पास बैठा।

कन्सल्टेंट ने उसे एक बोध कथा सुनाई।

एक आश्रम था। आश्रम के नियम थे बहुत कड़े। गुरुजी के अलावा कोई अनावश्यक बोल नहीं सकता था। एक साधक को पांच साल में केवल तीन शब्द तक बोलने की इजाज़त थी।

पांच साल पूरा कर चुके एक साधक को गुरुजी ने बुलाया, आज तुम्हारे पांच साल हुए, तुम बोल सकते हो। कहो अपने तीन शब्द !

साधक ने कहा - मच्छर । खटमल । बिस्तर।

अच्छा ! गुरुजी ने आश्रम की सफाई करवा दी।

पांच साल बाद फिर साधक का दिन आया। वह अपनी बात कहने पहुंचा।

गुरुजी ने कहा, इस बार क्या?

साधक बोला, तीखा । मिर्च । नमक।

गुरुजी ने रसोइए को बुलाकर उचित आदेश दे दिए।

फिर पांच साल बीते। साधक फिर आ खड़ा हुआ। गुरुजी ने पूछा, कहो अब क्या कहना चाहते हो?

साधक बोला, आश्रम। से । प्रस्थान ।

गुरुजी बोले, अवश्य-अवश्य। ध्यान में तो तुम्हारा वैसे भी मन लगता नहीं, पिछले पन्द्रह साल से सिर्फ शिकायतें ही किए जा रहे हो।

कथा सुनकर रोमियो के हृदय में प्रकाश फैला।

वह अपनी नई हैट और शेक्सपीयर का ग्रंथ खरीदने चला गया।

रोमियो ज्ञान अभियान-2
56 इंच का पिज्जा

रोमियो शेक्सपियर का असली ग्रंथ खोजते-खोजते थक गया। कबाड़ी की दुकान में भी नहीं मिला। दरअसल शेक्सपियर से काम की चीजें निकालकर लोगों ने फिल्में बना ली थीं। रोमियो-जूलियट का चावड़ी बाजार संस्करण मिलता था जिसमें खुद रोमियो को पता नहीं चलता था कि ट्रेजेडी, कॉमेडी के बाद होती है या पहले। यहां तक कि शेक्सपियर के गूगल सर्च पर उसे एआई से बने हुए ऐसे टेक्स्ट मिलने लगे कि उसे खुद रोमियो होने पर भी शक होने लगा।

थका रोमियो पार्क की बैंच पर जा बैठा।

पार्क में जोड़े यहां-वहां प्रेम कर रहे थे।

मोहब्बत का रंग देखकर उसका मन कुछ हल्का हुआ ही था कि चीख-पुकार मच गई।

आवाजें आ रही थीं - एन्टी रोमियो स्क्वाड ! एन्टी रोमियो स्क्वाड !!

भगदड़ मच गई। यहां-वहां पुलिस वाले डंडे चला रहे थे।

रोमियो को कुछ समझ नहीं आया। वह चकित-सा बैठा रहा।

कुछ देर में उसे छोड़कर सारा पार्क खाली हो गया।

साथ ढूंढने की गरज से चौकीदार उसके पास आया, 'भैया, अकेले बैठे हो? क्या नाम है?'

'रोमियो।' रोमियो ने कहा।

'कमाल हो गया। नाम तुम्हारा है और पुलिस दूसरों को धर के ले गई।'

चौकीदार ने हैरत से देखा, फिर बोला, 'रोमियो कोई अकेले थोड़े ही होता है। उसे जोड़े में होना होता है, तब धरा जाता है।'

रोमियो धन्य हुआ कि वो अकेला था।

लेकिन, अगले ही पल उसे जूलियट की जोरों से याद आई, जो पोस्टर हो गई थी।

**

उसके दिल में एक शोला सा उठा, वह फिर से भागा-

कन्सल्टेंट के दफ्तर !

कन्सल्टेंट ने कहा, घबराओ नहीं ये नया जुमला ले जाओ - साहस के लिए - छप्पन इंच !

**

अगले ही दिन खान मार्केट के पिछवाड़े रोमियो की फूड वैन खड़ी हुई थी जिस पर लिखा था - 56 इंच का पिज्जा।

लोग आते, वह 'पूरी' यानी पूड़ी साइज पिज्जा पकड़ा देता। पांच दशमलव छः इंच (5.6) का पिज्जा।

छप्पन के 5 और 6 के बीच सॉस था, वही साहस की आस था। एक दशमलव ने, एक बिंदु ने, दो अंकों को क्या से क्या बना दिया था।

खान मार्केट की खासियत यही थी कि जो न था, वह न जाने क्या था और जो न जाने क्या था, वह क्या-क्या नहीं था।

कोई भूलकर भी, 56 को 5.6 करने पर ठगा नहीं, बल्कि उठा हुआ इंटैलेक्चुअल मानने से नीचे नहीं उतरा।

बौद्धिकों की लाइन लगने लगी। थिंक टैंक बन गए।

न्यूयॉर्क टाइम्स, गार्जियन, इकोनॉमिस्ट के लेख-फ़ीचर बनाने वाले ज्ञानी इकट्ठे होने लगे।

बौद्धिकों का मेला लग गया।

नैरेटिव की आकाशगंगा जगमगा उठी।

एक दिन अचानक भयंकर शोर मचा।
बुलडोजर आया, सब ढहा गया।

रोमियो पहले चौंका, फिर दुखी हुआ, फिर ऐसा हुआ जैसे उसका सारा बोझ उतर गया- 'कहां वो मोहब्बत की दुनिया से दुकानों की दुनिया में आ खड़ा हुआ था?'

मन में एक हूक सी उठी, फिर चारों ओर तेज प्रकाश फैल गया।
उसने मलबे में देखा शेक्सपियर के असली पन्ने परफरा रहे थे। पन्नों में पीछे अकेली जूलियट खड़ी थी।
शेक्सपियर हाथ हिलाकर रोमियो को बुला रहे थे।

उसने शायर विनय कुमार की लाइन दोहराई -

दो आने में दिल की फोटोकॉपी बिकती रहती है।
सब कुछ करना प्यार न करना कारोबारी दिल्ली में।

फिर देखते ही देखते रोमियो, जूलियट के साथ शेक्सपियर के पन्नों में समा गया।

लैला सुनहरे कल की ओर बढ़ रही है

मजनूं किसी तरह गोल्ड लोन कंपनी से लैला की पाजेब छुड़ाने में कामयाब हो गया।

जब वह हाथों में लैला की पाजेब लिए जूलियट का पोस्टर देख रहा था तो उसके मन में भी एक आशा जगी।

उसने लैला को फिर समझाया-बुझाया और जुमला कंपनी के कन्सल्टेंट से फिर मिलने को तैयार कर लिया।

कन्सल्टेंट म्यूजियम के अहाते में व्यस्त मिला। वह हड़प्पा और सिंधु घाटी की सभ्यता के नमूनों के साथ खड़ा था और अपनी पीआर फिल्म शूट कर रहा था।

उसने शूटिंग के बीच वक्त दिया और मजनूं को एक पर्चा थमाया।

पर्चे का शीर्षक था - हम सुनहरे कल की ओर बढ़ रहे हैं। नीचे बीस सूत्रीय कार्यक्रम की जोरदार लिस्टिंग छपी थी।

मजनूं ने पढ़ना शुरू किया। पढ़ते-पढ़ते शाम हो गई। शुरुआत गरीबी हटाओ से हुई और खत्म होने पर पूरे पर्चे में इतनी गरीबी मिली कि मजनूं को ठंड लगने लगी।

लैला की जिंदगी में मजनूं को ठंड दो ही बार लगी थी।

पहले, तब जब उसने लैला के खूबसूरत पैर देखे और इश्क में गिरफ्तार होकर पाजेब चुरा ली थी।

दूसरे, अब जबकि वह बीस सूत्री कार्यक्रम का पर्चा पढ़ रहा था।

लैला ने इसे अनंत प्रेम का अटैक समझा।

वह दौड़ी-दौड़ी कन्सल्टेंट के पास पहुंची।

कन्सल्टेंट शूटिंग का पैक-अप कर रहा था। उसने तत्काल मजनूं को एक कंबल दिया और लैला से कहा - मुबारक हो, तुम्हें मंज़िल मिल गई। गरीबी तुम्हारी ताकत है, यही मोहब्बत है, यही तुम्हारा प्रोडक्ट है, यही मूल पूंजी है जिसकी तुम्हें

रिटेल स्टोर की चेन खड़ी करनी है।'

अगले दिन -

उम्मीदों से लबालब मजनूं बीस सूत्री कार्यक्रम का पर्चा लिए हुए जूलियट के अच्छे दिन वाले पोस्टर के पास खड़ा है।

लैला पाजेब लिए फिर गोल्डलोन कंपनी की ओर बढ़ रही है।

लैला सुनहरे कल की ओर बढ़ रही है।

बारी-बारी सबकी बारी अबकी बारी हीर हमारी

आजकल रांझा कनॉट प्लेस के महंगे होटलों के बाहर रात को बैठा बांसुरी बजाता था। हालांकि कहीं-कहीं कुछ गिटार वाले भी अपना खेल जमाए मिल जाते थे। मगर रांझे की बांसुरी में एक दर्द था जिसे सुनकर लड़कियां रीलें बनाती-बनाती रोने लगती थीं। रोने से उनकी रीलें डबल वायरल हो जाती थीं। इस परिणाम से उत्साहित युवा जोड़ों का जमघट रांझे के आस पास बढ़ने लगा।

चूंकि रांझा हैट नहीं पहनता था इसलिए जमघट की समस्या यह थी कि खुश होकर कुछ देना चाहे तो पैसे कहां डाले? रांझे को बांसुरी अपनी आत्मा के लिए बजानी होती थी, पर

जमघट उसकी आत्मा में तो पैसे डाल नहीं सकता था।

एक दिन किसी ने गौर से देखा तो पाया कि ये तो जोगी की तरह रहता है, इसके कंधे पर एक झोला लटका रहता है। अगर वह झोला भर दिया जाए तो रांझे के संगीत का कुछ एहसान उतर जाएगा।

ऐसे ही किसी दिन बांसुरी में मस्त रांझा अपनी धुन में खोया हुआ था कि जमघट के कुछ सयानों ने झोला खेंचा, उसमें कुछ रुपए डाले और रीलें चला दीं।

देर रात झूमता हुआ रांझा, घर पहुंचा तो हीर ने झोला उतारा। आज झोले में से रुपए निकले। साथ में एक मोबाइल भी निकला। चकित हीर ने रांझे की बलैयां लीं, आज तो उसकी बांसुरी ने क्या कमाल कमाया !

अगले दिन से हीर को मोबाइल पर रीलों का चस्का पड़ गया। वह ऐसी दीवानी हुई कि एक शाम रांझे के ठीये पर खुद कनॉट प्लेस पहुंच गई।

उसने देखा, रांझा आंखें मूँदे बांसुरी पर प्रेमगीत बजा रहा है, लड़कियां रो रही हैं और रीलें बना रही हैं।

यकायक न जाने किस प्रेरणा से हीर इस माजरे को लाइव करने लगी।

दूर खड़े कन्सल्टेंट ने हीर और रांझे दोनों को पहचान लिया। उसने बांसुरी बजाते रांझे, रील बनाती लड़कियों और लाइव करती हीर का शानदार वीडियो बना लिया ।

**

दूसरे दिन सारे देश में नया चुनाव कैम्पेन लॉन्च हुआ -

बारी-बारी सबकी बारी

अबकी बारी हीर हमारी

हीर-रांझे उस दिन के बाद से कनॉट प्लेस से गायब हो गए।

अब वे पोस्टरों में थे, विज्ञापनों में थे, बाजारों में टंगे थे।

अब न लड़कियां घेर सकती थीं, न रील बना सकती थीं।

वे एक पार्टी के ब्रांड एम्बेसेडर थे।

वे पार्टी के दफ्तर में बंद रहते थे, कैम्पेन के हिसाब से प्रेमगीत बजाते, शूट करते और सो जाते थे।

लैला की चाय पे चर्चा
मजनूं की चारपाई पे चौपाल

सुनहरे कल की ओर बढ़ती लैला को कन्सल्टेंट ने जो रिटेल चेन खोलने की सलाह दी थी उसका पहला चरण था - चाय पे चर्चा।

माहौल को ट्रेंडी बनाने के लिए दूसरी सलाह मिली मजनूं कुछ देसी चारपाइयां बुनकर डाल दे। लोग चारपाई पर बैठेंगे और चाय पे चर्चा करेंगे।

लैला की चाय, मजनूं की चारपाई।

चाय पे चर्चा। चारपाई पे चौपाल।

मोहब्बत के इतिहास में इससे बड़ा इवेंट नहीं हुआ।

जब चाय पे चर्चा करके लोग देश चला सकते हैं, चारपाई पे चौपाल करके देश चलाने वाले को टक्कर दे सकते हैं तो चाय-चारपाई दोनों मिलकर लैला-मजनूं को देश का सबसे बड़ा बिजनेस लीडर क्यों नहीं बना सकते?

मजनूं ने रंगारंग मन्जियां यानी चारपाइयां बुनीं।

लैला ने चाय की सुंदर केतलियां और कुल्हड़ सजाए।

कन्सल्टेंट ने कहा था - गरीबी तुम्हारी मूल पूंजी है, गरीबी ही मोहब्बत है या यों कहो कि मोहब्बत का दूसरा नाम ही गरीबी है। ध्यान रखना कि मोहब्बत के चलते तुम गरीब दिखते नहीं हो। ऐसे गरीब दिखने के लिए काफी अमीरी लगती है।
अगर इस धंधे की शुरुआत अच्छी हुई तो इस दिशा में तुम आगे बढ़ जाओगे।

***

चाय छनी। चारपाईयां बिछी।

लोग आए। चाय पी गए, कुल्हड़ फेंक गए।

फोटो खिंचा ले गए, चारपाइयां उठा ले गए।

लैला-मजनूं के पास फिर से सिर्फ अपनी मोहब्बत और लोन की किस्तें ही रह गईं।

थकहार कर दुबारा कन्सल्टेंट के पास पहुंचे।

कन्सल्टेंट ने उन्हें एक कथा सुनाई -

एक साधु था उसने सपने में देखा कि वह तितली हो गया है। वह फूलों पर मंडराते-मंडराते मगन हो गया।

उसे खयाल भी नहीं आया कि वह मनुष्य था।

अचानक फूलों का रस लेते-लेते उसकी नींद टूटी।

वह सोचने लगा, क्या मैं मनुष्य हूं जो तितली होने का सपना देख रहा था या मैं तितली हूं जो मनुष्य होने का सपना देख रही है ?

कथा सुनाकर कन्सल्टेंट ने कहा, तुम अभी सपने में हो। बताओ मोहब्बत के किरदार होकर बिजनेस लीडर होने का सपना देख रहे थे या बिजनेस लीडर हो जो मोहब्बत के किरदार होने का सपना देख रहे हो?

लैला-मजनूं गश खाकर गिर पड़े।

सामने से जुलूस निकल रहा था।

लोग नारे लगा रहे थे -

दिलवालों का देखो खेल !

खा गए शक्कर, पी गए तेल !!

*

इस दीये में तेल नहीं !

सरकार चलाना खेल नहीं !!

कन्सल्टेंट ने नोट किया - फिर भी वे उसका दिया एक एवरग्रीन जुमला भूल गए थे-

चार चवन्नी चांदी की,

जय बोलो महात्मा गांधी की !

ढोला है, तो मुमकिन है- I

ढोला, आखिर ढोला था। वह गुड़गांव, एक शानदार होटल में डिनर के लिए पहुंचा हुआ था।

उसे वे दिन याद आए जब मारु को लिए-लिए उसने उड़ने वाली ऊंटनी पर रेगिस्तान पार किया था।

ढोला उड़ती ऊंटनियों की विलुप्त प्रजाति को अब तक याद करता था पर मारु को समझा नहीं पाता था कि आजकल चार्टर्ड प्लेन ज्यादा कारगर है।

मारु को सांप ने काटा था। वह आज भी सांपों से बहुत डरता थी, हालांकि ढोला ने बताया कि नए जमाने के डॉक्टर

जोगियों से बेहतर कहे जाते हैं। कुछ अस्पतालों के तो शेयर भी आसमान छूते हैं।

रेगिस्तान की याद उसे अब भी सताती थी लेकिन सिवाय पर्यटन विभाग के मेलों के, उधर जाना मुहाल था।

एक बार ढोला-मारु के गीत सुनकर मोहित हुए एक कन्सल्टेंट ने उसे नए बिजनेस में उतरने का मंत्र दिया।
मंत्र था - 'ढोला है, तो मुमकिन है।'
मंत्र लेकर, ढोला पॉपर्टी के धंधे में उतर गया।
आज पहले क्लाइंट से मुलाकात थी।

क्लाइन्ट आया, ढोले से गले मिला।
खाना आया। बात शुरू हुई, खाना शुरू हुआ।

ढोले ने क्लाइन्ट से कहा, 'आपका टीशर्ट बड़ा दिलकश है, जी चाहता है इसे ले लूं।'
क्लाइन्ट ने कहा, शौक से ! दस हजार का होगा।
ढोले ने क्लाइन्ट से कहा, लाइए उतारिए।
पर साथ ही जेब टटोलते हुए कहा, जरा आप दस हजार उधार देंगे?
क्लाइन्ट ने दस हजार दिए।
ढोले ने दस हजार लिए और फिर क्लाइन्ट को थमाते हुए कहा, लाइए अब टीशर्ट दे ही दीजिए।

इधर पैसा, उधर माल।
क्लाइन्ट ने दस हजार लिए और टीशर्ट दे दिया।

खाना खत्म हुआ।
कॉफी पी जा रही थी कि अचानक क्लाइन्ट ने कहा, देखिए - मेर बीवी ने इसे बड़े प्यार से जन्मदिन पर खरीद कर दिया था। अगर उसने आपको इस टीशर्ट में देख लिया तो भारी मुसीबत होगी। मुझे वापस दे दीजिए।

ढोले ने कहा, शौक से ! मोहब्बत की बात है । ये टीशर्ट तो दस लाख का हुआ।
क्लाइंट ने दस लाख निकाले और तुरंत ढोले को थमाए।
ढोले ने अदब से उन्हीं गड्डियों से दस हजार निकाले और कहा, ये आपसे उधार लिए थे लौटा रहा हूं।
हिसाब बराबर !

दोनों पार्टियां खुश। बिल चुकता हुआ !!
ढोला नौ लाख नब्बे हजार बनाकर चलता बना।
मोहब्बत की दुनिया में इस तरह पहला बिजनेस लीडर पैदा हुआ जिसने इन्वेस्टमेंट भी उधार लेकर किया था और पहले ही सौदे में प्रॉफिट कमाया।
तब से जुमला हिट हुआ -
ढोला है, तो मुमकिन है।

ढोला है,
तो मुमकिन है - 2

ढोले के हाथ में नौ लाख नब्बे हजार देखकर मारु बहुत प्रसन्न हुई।

मारु के घर वाले आजकल चुनाव लड़ते थे और एक पार्टी चलाते थे। उसका चचेरा भाई भी एक प्रदेश चलाता था।

ढोला ने मारु के भाई से कहा, मैं किसानों का हमदर्द हूँ। ऐसा करता हूँ कि बंजर इलाके की जमीनें किसानों से खरीद लेता हूं। बेचारों को कुछ मिल जाएगा। उनका थोड़ा भला हो जाएगा। बस जब खरीदी पूरी हो जाए तो तुम वहां स्पेशल इकॉनॉमिक झोन घोषित करवा देना।

भाई ने कहा, उत्तम !

देखते ही देखते किसानों की पड़त जमीनें बिकीं।
जो मिला, सो पाया।
जय ढोला !

तीन महीने में स्पेशल इकॉनॉमिक झोन घोषित हुआ।
टैक्स की छुट्टी, नियमों की छुट्टी। उद्योग लगाने वाले दौड़ पड़े।
किसानों का भी भला। उद्योगपतियों का भी भला। भाई का भी भला। सब भला ही भला।

ढोला ने एक के दस किए और उद्योगपतियों को बेच जमीन से मुक्ति पाई।
जो कमाई हुई उसे मारु के चरणों में जाकर डाल दिया।

अबकी बार मारु ने दिल खोलकर घूमर किया और ढोले के गले में बांहें डालकर कहा -
सबका साथ, सबका विकास ! ढोला है, तो मुमकिन है !!

ढोला है, तो मुमकिन है - ३

ढोला थाईलैंड घूमकर लौटा।

उसने पाया कि आजकल मारु एक यू-ट्यूबर से क्लास लेने लगी है।

- यू-ट्यूबर बताता था कि अपना चूहा भी मर जाए तो कैसे साबित करें कि यह समय की सबसे बड़ी साजिश है।

- यू-ट्यूबर बताता था कि दूसरे का हाथी भी मर जाए तो कैसे साबित करें कि हाथी शताब्दियों से मरते रहे हैं, यह तुच्छ मसला है।

- यू-ट्यूबर बताता था कि घोटाले में जेल जाएं तो भी कैसे

बताएं कि घोटाला नहीं, जेल महत्वपूर्ण है और जेल जो है, वो सिर्फ क्रांतिकारी जाते हैं।

- यू-ट्यूबर बताता था कि वे सिद्ध पुरुष ही मृत्यु के बाद का सच बता सकते हैं, जो मरे हैं। जो गोदी के अनुभवी हैं वे ही गोदी का सुख और उससे गिरने का सत्य बखान सकते हैं। जिनके भाई-भतीजे होते हैं, वे ही भाई-भतीजावाद कर सकते हैं। इसलिए इन मुद्दों पर लज्जा छोड़ सपरिवार लोकतंत्र की भक्तिपूर्वक सेवा करनी चाहिए।

ढोला इन शिक्षाप्रद कक्षाओं को देखकर थाईलैंड का आराम भूल गया।

वह विचलित दशा में तत्काल कन्सल्टेंट के पास दौड़ पड़ा।

कन्सल्टेंट ने उसे एक बोध कथा सुनाई -

एक साधक जब पहले-पहल ध्यान करने बैठा तो कहीं से अचानक एक मकड़ी झूलती हुई सामने आ गई। साधक ने उसे भगा दिया।

अगले दिन फिर बैठा, फिर मकड़ी। इस बार पहले से भी बड़ी।

तीसरे दिन ध्यान में बैठते ही वह मकड़ी इतनी बड़ी दिखाई दी कि साधक परेशान हो गया। हाल ये था कि ध्यान में बैठना मुश्किल था।

मकड़ी रोज बड़ी होती जाती थी, भयानक होती जाती थी।

एक दिन इतनी बड़ी हुई कि साधक ध्यान में बैठते ही भाग खड़ा हुआ।

परेशान होकर उसने अगले दिन ध्यान पर जाते समय एक बड़ा चाकू लिया, ताकि मकड़ी देखते ही उसे मार डाले।

गुरु ने देखा कि ध्यान पर जाता हुआ शिष्य आज चाकू लिए जा रहा है। पूछने पर शिष्य ने अपनी व्यथा बताई।

गुरु ने पूछा, ये मकड़ी ध्यान के अलावा कभी नजर आती है?

शिष्य ने कहा, 'नहीं ! बस तभी जब मैं ध्यान में बैठता हूं।'

गुरु ने कहा, 'फिर तो चाकू से मारने की जरूरत नहीं। ये स्याही की दवात लो। ध्यान में बैठो। जैसे ही दिखे, उसके मुंह पर फेंक देना।'

शिष्य ने इस बार ध्यान में बैठते ही, जैसे ही मकड़ी देखी, स्याही उसके मुंह पर फेंक दी।

मकड़ी भाग गई।

ध्यान से लौटकर शिष्य गुरु के पास गया - 'गुरुजी, आपकी तरकीब एकदम ठीक रही। मुंह पर स्याही पड़ते ही मकड़ी भाग गई।'

गुरुजी ने कुछ नहीं कहा, बस आईना उठाकर शिष्य के सामने रख दिया।

आइने से, शिष्य का स्याही रंगा चेहरा झांक रहा था।

***

ढोला स्तब्ध रह गया।

जो भीतर था, वो बाहर आ गया।

जैसे उसका मन प्रकाशमान हो उठा।

जैसे मोहब्बत के फूल ही थे जो रेगिस्तान में खिल उठे थे।

जैसे उसका ही चेहरा था जो उसने आईने में देख लिया था।

जैसे उसका ही किस्सा था जो हर ध्यान में अब तक कोई मकड़ी बड़ी होती चली गई थी।

***

वह उलटे पांव भागा और मारु को खींचकर गोठान में ले गया।

देसी ऊंटनी बंधी हुई थी।

चुपचाप बैठ, शून्य में ताकती हुई।

इस बार ढोला ने मारु को ऊंटनी पर चढ़ाया और खुद जैसे ही उस पर सवार हुआ, ऊंटनी आकाश में उड़ान भरने लगी।

भाव-विभोर होकर मारु ने ढोला से एकाकार होते हुए आंसुओं से आंचल भर दिया - ढोला है, तो मुमकिन है।

फ़रहाद की पहाड़ तोड़ो यात्रा
शीरीं के अच्छे दिन

फ़रहाद ने शीरीं इंजीनियरिंग सर्विसेस के खाते में डेरा जमाया था। जबसे उसकी ख्याति फैली थी कि उसने शीरीं की खातिर पहाड़ तराश कर रख दिया था और दूध की नहर ले आया था, तबसे उसे ऐसे सिविल इंजीनियरिंग के ढेरों प्रस्ताव मिलते रहते थे। सरकारी मिनिस्टर चाहते थे कि वो सारे धंधे हाथ में ले ले, सरकार से बाहर पड़े भूतपूर्व चाहते थे कि वो उनसे मिलकर नौजवान वोटरों से जुड़ा कोई नया इवेंट खड़ा करे।

वह सबको मोहब्बत में डूबकर उबैदुल्लाह अलीम का शेर कहता था -

अज़ीज़ इतना ही रक्खो कि जी संभल जाए

अब इस क़दर भी न चाहो कि दम निकल जाए

लेकिन, एक शाम हुआ ये कि शीरीं ने चौराहे पर हंसती हुई जूलियट का पोस्टर देख लिया जिसके नीचे लिखा था - अच्छे दिन आ रहे हैं।

वह पोस्टर की जड़ तक गई और नतीजे में कन्सल्टेंट के पास पहुंच गई।

जबसे वह कन्सल्टेंट के पास से लौटी है उसे अच्छे दिन का जवाबी दौरा पड़ गया है।

वह फ़रहाद से पहाड़ तोड़ो यात्रा की जिद कर रही है।

फ़रहाद - पहाड़ तोड़ो यात्रा से अब क्या हासिल, जब तुम मेरे पास हो?

शीरीं - मुझे भी अपनी तरह के अच्छे दिन चाहिए।

फ़रहाद - हम मोहब्बत को तरसते थे इसलिए पहाड़ तराशा। अब तो हम मोहब्बत से सुकून से जीते-पीते-सोते हैं। इससे अच्छे दिन क्या होंगे?

शीरीं - कन्सल्टेंट ने मेरा हाथ देखकर कहा है, ये जुमला है और तुम्हारा प्रेमी जुमले की मोहिनी का शिकार है। उसे जुमले की काट चाहिए वर्ना मोहब्बत का फसाना अकारथ जाएगा। उसने तुम्हारे लिए परवीन शाकिर का ये शेर भी बतौर इंस्पीरेशन भेजा है -

वो तो खुशबू है हवाओं में बिखर जाएगा,
मसअला फूल का है, फूल किधर जाएगा।

फ़रहाद का सारा तर्कशास्त्र हवा हो गया। आखिर वो जीता तो शीरीं के लिए ही था।

इस तरह फ़रहाद के नए सिविल इंजीनिरिंग प्रोजेक्ट की डील, सील हुई।

उसने फौरन ऐलान किया कि वो कल से 'पहाड़ तोड़ यात्रा' की शुरुआत करेगा।

- **पहाड़** जो मुल्क की तरक्की की राह में खड़ा है।
- **पहाड़** जो मोहब्बत के दीवानों के बीच अड़ा है।
- **पहाड़** जो अहंकार का अलंकार है।
- **पहाड़** जो नफरत का ताबेदार है।
- **पहाड़** जो टूटेगा तो मोहब्बत बचेगी।
- **पहाड़** जो टूटेगा तो गुरबत हटेगी।

पहाड़ तोड़ो यात्रा का कैलेंडर और रूट मैप कन्सल्टेंट ने बनाया।

फ़रहाद का वार्डरोब और काफिले में चलने वाली गाड़ियों का इंटीरियर भी कन्सल्टेंट ने बनाया।

अंत में वह भाषणों की स्क्रिप्ट लेकर फ़रहाद के पास पहुंचा।

फ़रहाद उसे देखते ही थोड़ा आपे में आया। उसने गुलाम मोहम्मद कासिर से शेर उधार लेते हुए कहा-

करूंगा क्या जो मोहब्बत में हो गया नाकाम

मुझे तो और कोई काम भी नहीं आता।

कन्सल्टेंट ने आंख दबाते हुए जांनिसार अख्तर का शेर फरमाया -

सौ चांद भी चमकेंगे तो क्या बात बनेगी

तुम आए तो इस रात की औक़ात बनेगी।

फ़रहाद फौरन रस्ते पर आ लगा।

कूच का ऐलान हो गया।

***

काफिला गुजरता जाता, फ़रहाद कन्सल्टेंट की दी हुई स्क्रिप्ट से लाइनें उठाकर बोलता रहता।

यात्रा यूं तो बड़े मजे की थी।

बीच में कभी-कभी छुट्टी भी होती।

ऐसे वक्त वो गायब हो जाता, जंगलों में घूम आता, मनोरंजन

का सामान जुटा लेता या सिर्फ मजे ही लेता वर्ना तो सेल्फियों और रीलों से फुरसत न थी।

कभी-कभी मुसीबत भी हो जाती क्योंकि वह जाने-अनजाने स्क्रिप्ट से बाहर डायलॉग भी बोल देता।

लोग उससे पूछते-

- पहाड़ तोड़ने के लिए जो छैनी काम में ली जाएगी क्या वही है, जो फारस में आपने काम में ली थी?

- क्या आप और भी करामाती हथौड़ियाँ साथ ले जा रहे हैं? अगर हां तो उनका संदूक किस लेवल की सिक्योरिटी में रखा है?

- पहाड़ तोड़ने के लिए मशीनें तो नहीं लगाई जाएंगी?

- अगर मशीनें हैं तो क्या वो पहुंच चुकी हैं ? या अज्ञात जगह से उनकी किरणें चलेंगी और पहाड़ चूर-चूर हो जाएगा?

- मशीनों की कंपनी कौनसी है, कौन उसका मालिक है, कौन उसका खर्च उठा रहा है? किस उद्योगपति घराने ने इसे सपोर्ट किया है?

- आपने मशीन चलाने की ट्रेनिंग ली है या मजदूरों से अपनी निगरानी में पहाड़ तुड़वाएंगे ?

- पहले तो आपने छैनी-हथौड़ी से पूरा पहाड़ तराशा था। यदि अब मजदूरों से काम कराएंगे तो क्या नतीजा वही होगा?

- सरकार से पहाड़ की परमिशन ली गयी है ?

... वगैरह-वगैरह !

मीडिया में दोतरफा हंगामा मचा रहता था। टीवी चैनलों की शामें कुछ ज्यादा ही रंगीन रहने लगीं।

यू-ट्यूबरों के ज्यादा ही अच्छे दिन आ गए। वे पक्ष में हों या ख़िलाफ़ - हर क्लिक के साथ उनकी कमाई बढ़ती जाती थी।

कुछ तो ईरान-तूरान की हिस्ट्री पर सीरीज़ ही बना लाए थे। एक ने 'मोहब्बत, हथौड़ी और परबत' नाम से पूरा प्रोग्राम खड़ा कर दिया था। कोई मोहब्बत की कहानियां चला रहा था, किसी को हथौड़ी बनाने वालों पर फीचर चिपकाना था। कोई नहर, दूध, इंजीनियरिंग पर साइंस की डिबेट चलाने बैठ गया था। गोया मुल्क को एक दिलकश धंधा मिल गया था।

सब ठीक ही चल रहा था कि एक दिन यात्रा में चलते-चलते किसी ने फ़रहाद से सवाल कर लिया -

'फ़रहाद साहब, जिस पहाड़ को आप तोड़ने जा रहे हैं, उसकी सटीक लोकेशन क्या है?'

फ़रहाद का दिल धक्क से रह गया।

यात्रा की मंजिल, असल पहाड़ कहां है, ये तो उसे पता ही नहीं था।

वो बड़ा घबराया। उसे घबराया देख साथ वालों ने मीडिया के उस महापुरुष को घेर लिया जिसने सवाल उठाया था।

देखते ही देखते सवाल उस मीडिया महापुरुष पर जूतों की तरह उछले - जनता के दुश्मन, तुम्हारी जात क्या है? तुम अपने आका से ये सवाल पूछो ,यहां क्यों भेजा है? पहाड़ क्या है, तुम्हें ही तराश देंगे।

मीडियावाला माइक लेकर भागा।

पहाड़ तोड़ो यात्री पीछे-पीछे दौड़े।

कुछ क्षण को फ़रहाद अकेला रह गया।

इन क्षणों में उसे याद आया, दुनिया में कई पहाड़ हैं। खुद इस मुल्क में ही पहाड़ों के पहाड़ हैं। वो किसे तोड़ने जा रहा है और उन्हें तोड़कर कौनसी दूध की नहर लाने जा रहा है?

सवालों में चकराते-चकराते शाम हो गई।

काफिले ने डेरा डाल दिया।

फ़रहाद अपने लक्ज़री टेंट में पहुंचा।

कन्सल्टेंट सामने बैठा था।

फ़रहाद ने पहला सवाल किया - पहाड़ की सटीक लोकेशन क्या है?

कन्सल्टेंट ने उसे ऐलान याद दिलाया -

- **पहाड़** जो मुल्क की तरक्की की राह में खड़ा है।
- **पहाड़** जो मोहब्बत के दीवानों के बीच अड़ा है।
- **पहाड़** जो अहंकार का अलंकार है।
- **पहाड़** जो नफरत का ताबेदार है।

क्या इस ऐलान में तुम्हें सटीक लोकेशन नजर नहीं आती?

फ़रहाद चौंका। उसने ट्रैवल प्लान उठाया।

ओह, नक्शा कहता था - यात्रा जहां से शुरू हुई थी, वहीं जाकर खत्म होनी थी।

यानी पहाड़ तो वहीं है, जहां से हमने उसे तोड़ने की यात्रा शुरू की थी।

फ़रहाद के भीतर प्रकाश फैला।

इस बार उसने कन्सल्टेंट को कहा - एक कहानी सुनो !

दो साधक टहलते-टहलते तालाब के पास पहुंचे। तालाब में रंग-बिरंगी मछलियां तैर रही थीं।

पहले ने कहा, देखो मछलियां कैसी आनंदित हैं। वो देखो, वो मछली जलक्रीड़ा का कितने मुक्तभाव से आनंद ले रही है।

दूसरे ने कहा, तुम मछली नहीं हो इसलिए यह जान ही नहीं सकते कि वास्तव में मछली को कैसा लग रहा है।

पहले ने कहा, बात यह है कि तुम मैं नहीं हो। इसलिए वास्तव में तुम जान ही नहीं सकते कि मैं ये जान सकता हूं या नहीं कि मछली को कैसा लग रहा है।

पहली बार कन्सल्टेंट अवाक् हुआ।

दूसरे दिन फ़रहाद टैंट से गायब हो गया।
तीसरे दिन शीरी अपने घर से गायब हो गई।
चौथे दिन शीरी-फ़रहाद रेगिस्तान में अंगूर की बेलें लगा रहे थे।

वहां न उन्हें कोई जानता था, न उनसे पहाड़ तुड़वाना चाहता था।
वे अंगूर के रस से सबको मीठा कर देना चाहते थे।

शीरीं ने इससे अच्छे दिन कभी नहीं देखे थे।

हीर का चाचा शेर है

हीर के चाचा के यहां ईडी का छापा पड़ गया।

चाचा उर्फ छोटे चौधरी उर्फ कैदो ने कभी डोली में जाती हीर को लड्डू में ज़हर दिया था लिहाज़ा मोहब्बत के अफ़सानों में उसका ज़हर अमर था।

फिलहाल वह लड्डू पॉलिसी स्कैम में अंदर हुआ था। चार्ज ये था कि चाचा ने राजधानी के तमाम मंदिरों की लड्डू सप्लाई कुछ इस तरह बनवाई कि सरकार को तबियत से चूना लगा पर चाचा की पार्टी को भर-भर के चंदा मिला।

सोहनी की ननद के यहां भी ईडी का छापा पड़ा।

उसने कभी सोहनी का घड़ा बदलकर कच्चा घड़ा रख दिया

था, जिससे सोहनी डूब गई थी। लिहाज़ा मोहब्बत की तारीख़ में ननद का मटका भी अमर था।

इस बार वह एनजीओ की फंडिंग में धरी गई थी। एनजीओ मटके-सुराही बनाने वाले कारीगरों का था जिसमें फंड विदेश से आता था पर देश में जाने कहां जाता था।

दोनों किरदार जेल में मिले।

इधर चाचा, उधर ननद !!

दोनों क्या मिले, जैसे मोहब्बत के दो युग मिले।

क्या होता अगर ये अपने - अपने युगों में न होते और हीर की रांझे से और सोहनी की महिवाल से राह चलते शादी हो जाती? न हीरोइनें मरतीं, न हीरो जान देते, न दोनों की दर्दभरी दास्तां मोहब्बत के दीवानों के सर चढ़कर बोल रही होतीं। वक्त की घाटियों में गूंजते मोहब्बत के अफ़सानों से ये दुनिया मरहूम रह जाती। तब ये दुनिया कितनी गरीब होती ?

आह भर कर ननद ने चाचा से कहा, जानते हो। आजकल तुम्हारे हीर-रांझे एक विज्ञापन कैम्पेन में आते हैं। जिस पार्टी के नाम से कैम्पेन चल रहा है उसी ने हम दोनों को ईडी के जरिए अंदर करवाया है।

चाचा मुस्कुराया - इतना दिल छोटा न करो। हम भी तो दो-दो

जमानों के खेले-खाए आज पार्टनर बने हैं। ऊपर से इस जमाने की फिजां भी कुछ और है। मुसहफ़ी ग़ुलाम हमदानी ने शेर लिखा है -

लोग कहते हैं मोहब्बत में असर होता है

कौनसे शहर में होता है, किधर होता है?

ननद ने सांस छोड़ी, मुझे भी अहमद मुश्ताक के इस शेर से थोड़ी आस बंधती है-

रोने लगता हूं मोहब्बत में तो कहता है कोई

क्या तिरे अश्कों से जंगल हरा हो जाएगा?

चाचा को इस शेर में हालांकि एनजीओ जैसी बू आई जो चाहे जितना विदेशी फंड ले ले उसे देसी गरीबी और पर्यावरण का चूरन तो बांटना ही पड़ता है। फिर भी वह सिर्फ मुस्कुराकर रह गया।

इतने इमोशनल सीन में कन्सल्टेंट की एंट्री हुई।

दोनों कान जोड़कर कन्सल्टेंट को समर्पित हो गए।

***

अगले ही दिन राजधानी में प्रदर्शन शुरू हो गए ।

मटकों के कारीगरों से लेकर लड्डू बनाने वाले तक तख्तियां लिए चल रहे थे।

तख़्तियों पर जुमले चिपके थे -

- हीर का चाचा शेर है, सेर का सवा सेर है।

- ईडी नहीं कटार है, दुश्मन की सरकार है।

- तानाशाह अब जाएगा, चाचा देश बचाएगा।

- चाचा इतना प्यारा है, राजा डर का मारा है।

जुलूस का नाम दिया गया था - मोहब्बत का जुलूस !

हर चौराहे पर जुलूस रुकता था तो लड़के -लड़कियों का एक बैंड गिटार पर बुल्लेशाह की हीर का फ्यूज़न बजाता था -

रांझा-रांझा करती करती हीर दीवानी होई

चाचा के संग मिल जाए तो रांझा पूछे कोई?

मोहब्बत जिंदाबाद !

मोहब्बत जिंदाबाद !!

मोहब्बत जिंदाबाद !!!

**

उधर मोहब्बत के जुलूस से बेख़बर हीर-रांझे ने अपने अपने डायलाग याद किए ।

जुलूस की पोजिशनिंग करके लौटे कन्सल्टेंट ने हीर-रांझे

को नया जवाबी कैम्पेन समझाया -

तुम बांसुरी की तान देने से पहले अरशद नदीम का ये शेर पढ़ोगे -

हर एक मंजर को ख़्वाब कहने लगे

.खराब लोग सभी को खराब कहने लगे।

फिर हीर कहेगी -

कोई हीर का हत्यारा कोई सोहनी का हत्यारा

सदियों तक जीतेगा अफसाना हमारा।

बस, इसके बाद तुम्हारी बांसुरी शुरू हो जाएगी और हीर नाचती हुई फ्रीज हो जाएगी।

***

यह इतिहास में पहली बार था कि दोनों तरफ मोहब्बत के दावेदार खड़े थे, कन्सल्टेंट एक ही था और राजधानी नफरत में नाच रही थी।

मूमल की वॉशिंग मशीन

मूमल की सस्पेन्स और जादू वाली आदत गई नहीं थी। जिन्हें लोद्रवा, जैसलमेर के उस महल की याद हो जिसमें मूमल अपनी सात बहनों के साथ रहती थी, वे जानते हैं कि वो काक-महल कितना जादुई था। उसमें जाने वाला उसकी उलझ हुई गलियों, हैरान कर देने वाली पहेलियों और रहस्यमय सीढ़ियों में ही इतना उलझ जाता था कि कहीं पहुंच नहीं पाता था। मूमल की खूबसूरती का चर्चा था और खुद मूमल का ऐलान था कि जो महल की उलझनों को पारकर उसके पास तक पहुंच जाएगा, उसी से वो शादी करेगी। अमरकोट के महेन्द्र ने इस जादू पर पार पाया।

इन दिनों जब मूमल ऊब जाती थी तो कोई नई पहेली बनाने

बैठ जाती। उसने सस्पेंस और थ्रिल से भरपूर वीडियो गेम समेत ढेरों करामाती चीजें बना डालीं।

इन तमाम चीजों में महेन्द्र को सबसे प्यारी थी - वॉशिंग मशीन !

इस वॉशिंग मशीन की खासियत थी - यह कपड़ों को नहीं, आदमी को भी धोकर बाहर निकालती थी।

कोई कत्ल करके आए और खून से सने कपड़े इसमें डाल दे तो वे न सिर्फ बेदाग़ निकलते थे बल्कि कमीज कुर्ते में या कुर्ता कोट में बदल सकता था। जिसे जेल में चक्की पीसनी थी, वह मोटिवेशनल स्पीकर बनकर बाहर गिरता। जिसे दारू की लत थी वो गंगाजल का सेवक हो जाता। एक दिन उसने मजे-मजे में एक पॉकेटमार को वॉशिंग मशीन में डाल दिया। वह मनोवैज्ञानिक सलाहकार बनकर निकला। ऐसे ही एक बार उसने एक जुआरी को धोकर अच्छा पति बनाया।

गजब तब हुआ जब एक लोन घोटाले में बर्ख़ास्तगी काट रहे मैनेजर को उसने वॉशिंग मशीन में डाला।

वह नोट छापने में माहिर जालसाज़ बनकर बाहर निकला।

यह प्रयोग के साथ हादसा था।

मूमल ने अब तक जितनों को धोया, उनका कलंक धुला था। वे बेहतर बनकर निकले थे। पर पहले से ज्यादा खतरनाक होकर निकलेंगे इसका उसे अंदाजा नहीं था।

इस हादसे के बाद खिन्न मूमल ने सॉफ्टवेयर को क्लीन और अपडेट करके वॉशिंग मशीन को बगीचे में कबाड़ के साथ डाल दिया। उसके उसूल इस बात की इजाज़त नहीं देते थे कि वॉशिंग मशीन चोर को डकैत और डकैत को डॉन बनाकर बाहर निकाले।

**

एक दिन महेन्द्र-मूमल एक दूसरे की आखों में आंखें डाले राष्ट्रीय हित के मुद्दों पर प्रेम कर रहे थे कि कन्सल्टेंट आ टपका।

कन्सल्टेंट ने कुछ नहीं किया, बस दोनों को छुआ और छूमंतर हो गया।

ये होना था कि जादू उलट गया।

***

अगले दिन मूमल की वॉशिंग मशीन पार्टी मुख्यालय पर लगी थी।

लोग घुस रहे थे, बाहर निकल रहे थे। इधर से घोटाला जाता, उधर से क्लीन चिट में तब्दील होकर निकल आता।

नेकी डाली जाती और बदी इतनी खूबसूरत होकर निकलती कि लोग नेकी को भूल जाते। बदी के आशिक़ इतने बढ़ते जा रहे थे कि खुद बदी हैरान थी।

महेन्द्र मूमल के साथ वॉशिंग मशीन के बायीं ओर खड़े होकर इन्टरव्यू ठोंक रहा था ।

खुद कन्सल्टेंट एक नया जुमला देते-देते रुक गया जब उसने देखा कि मूमल इनाम नदीम का शेर सुना रही है-

ये मोहब्बत भी एक नेकी है

इसको दरिया में डाल आते हैं।

उस दिन के बाद से दरिया में भीड़ रहने लगी।

लोग अपनी मोहब्बत को दरिया में डालने लगे।

कन्सल्टेंट बिना मोहब्बत वाली खाली आत्माओं को चुन-चुनकर शीशियों में इकट्ठा करने लगा।

जब शीशियों का भंडार भर गया तो उसने बिक्री के लिए बाजार में उतार दीं।

शीशियों पर मुहर छपी थी -

मूमल की गारंटी।

मूमल की गारंटी

मोहब्बत से खाली आत्माओं की शीशियां मार्केट में चल निकलीं।

- शीशियों के मुनाफे से मूमल ने इलेक्टोरल बॉन्ड खरीदे।
- इलेक्टोरल बॉन्ड पार्टी के चंदे में गए।
- चंदे से पार्टी ने और वॉशिंग मशीनें खरीदीं।
- ज्यादा मशीनें हुईं तो ज्यादा धुलाई शुरू हुई।

अब हुआ ये कि झुंड के झुंड मोहब्बत करते, मगर दरिया में डाल देते।

फिर गाते, ये मोहब्बत भी एक नेकी है, इसको दरिया में डाल आते हैं।

इस तरह मोहब्बत से खाली आत्माओं की शीशियों का अंबार लगता गया।

फिर मूमल की गारंटी छपी शीशियों ने मार्केट लूट लिया।

मुनाफा ही मुनाफा। खाली आत्माओं का मुनाफा, भरी शीशियों का मुनाफा।

एक दिन मुनाफे की गिनती से थक कर मूमल दरिया में मुंह धोने उतरी।

दरिया में आत्माओं से निकाली गई मोहब्बतें पटी पड़ी थीं ।

दरिया में हाथ डालते ही खाली मोहब्बतों से उसकी अंजुरी भर गई और इसने उसे तन्द्रा से जगा दिया।

उसका जादू लौट आया।

अब न वॉशिंग मशीन है, न शीशियां, न इलेक्टोरल बॉन्ड, न मोहब्बत से खाली आत्माएं।

मूमल जैसलमेर में एक़ जादुई स्कूल चलाती हैं जिसमें भूख और रोटी पर पाठ चलते हैं।

महेन्द्र स्कूल की घंटी बजाता है और बच्चों का दिल बहलाता है। बच्चे प्रार्थना में इकट्ठे होते हैं तो जुबेर अली ताबिश का शेर सुनाता है -

किसी भूखे से मत पूछो कि मोहब्बत किसको कहते हैं
कि तुम आंचल बिछाओगे, वो दस्तरख़्वान समझेगा।

अबकी बार, बाड़ के पार

हीर और रांझे जब कैम्पेन से फ्री होते, उन्हें समझ नहीं आता कि वे पार्टी मुख्यालय से बाहर क्यों नहीं जा सकते ? जब वे पार्टी का कैम्पेन शूट कर रहे होते हैं या कोई धुआंधार गीत रिकॉर्ड कर रहे होते हैं तो उनकी भी इच्छा होती है कि जैसा सुन्दर देश वो गाते हैं वैसे सुन्दर देश का मज़ा भी लें।

वे भी साउथ दिल्ली के पब में जाएँ, नोट बदलवाते हुए फोटो खिंचवाएं, समंदर किनारे बैठें, रणथम्भौर में शेर देखें, चिकन बनाने की रेसिपी का वीडियो बनाएं, गोलगप्पे खाएं, मोर को दाना खिलाने की सेल्फी खींचें या खाली सूटकेस उठाकर कुली बनने का मज़ा लें।

कन्सल्टेन्ट का कहना था, मोहब्बत एक पवित्र विचार है। इसे प्रदूषित होने से बचाना तुम्हारा ज़िम्मा है। बाहर की दुनिया तुम्हारे गाये से ठीक हो रही है। बाहर जाते ही तुम भी खराब

हो जाओगे। तुम देश का काम कर रहे हो, इतनी क़ुर्बानी तो देना पड़ेगी। ज़्यादा हुआ तो वो एक यूट्यूबर को ला खड़ा करता जो उन्हें बताता कि बोलना कितना ज़रुरी है। वह वाशिंगटन, कराची, मालदीव, लंदन, हांगकांग आदि सब जगह बोल रहा है। मिलियन-बिलियन सब्सक्राइबर हैं। सब वोट उसके हिसाब से दे दें तो कल तख्ता पलट जाए। यह शक्ति मत भूलो, तुम्हें नाच-गाना आता है सो तुम उससे क्रांति जगाओ।

#

आखिर देश की खातिर मन मसोसकर हीर और रांझे ने अहाते में ही अपने दोस्त खोज लिए।

हीर को चिड़िया मिली, रांझे को चिड़ा।

चिड़ा-चिड़िया बाहर घूम कर आते और नई-नई कहानियां सुनाते।

#

हीर-राँझा मिलकर पूछते, तुम दोनों खाने का क्या करते हो ?

वे बताते, चिड़िया एक चावल का दाना लाती है और चिड़ा एक दाल का। दोनों मिलकर खिचड़ी पकाते हैं और साथ-साथ खाते हैं।

हीर-रांझे ने एक दिन उनकी खिचड़ी खाने की इच्छा प्रकट की।

उन्होंने कहा, फिर हमारे साथ खाना खाने के बाद एक किस्सा सुनना पड़ेगा।

बात पक्की हुई।

अब खिचड़ी के बाद रोज़ कहानी सेशन शुरु हो गया।

#

एक दिन चिड़िया ने सुनाया, उसने नफ़रत के बाज़ार में एक तमाशे वाला देखा। वह कील, कांटे, शीशा, पत्थर सब चबा जाता था। खड़ा होकर शीशे के टुकड़ों पर नाचता था। रस्सी लाल हो जाती तो लोग रोने लगते। वह उछलकर नीचे कूदता, मुस्कराते हुए फिर नाच दिखाना शुरु कर देता।

हीर ने पूछा, क्या उसे खाने को रोटी नहीं मिलती जो कील-कांटे, शीशे-पत्थर चबाता है? लहूलुहान पैरों से नाच की ज़रुरत क्या है ? क्या उससे कोई मोहब्बत नहीं करता ?

#

एक दिन आश्चर्य से भरे चिड़े ने अपना किस्सा सुनाया, 'मैंने मोहब्बत के बाजार में एक साइकल सवार देखा। उसका पहिया ज़मीन से एक बालिश्त ऊपर चलता था।' अब तक उसने धर्मराज युधिष्ठिर के बारे में सूना था कि धर्म के प्रताप से युध्द क्षेत्र में उनका रथ ज़मीन से बालिश्त भर ऊपर चलता था। यह अपने आप में ग़ज़ब की बात थी कि आज भी कोई ऐसा है जिसका पहिया ज़मीन से बालिश्त ऊंचा चलता हो ।

रांझे ने कहा, ऐसे ही कुछ लोगों से ये धरती टिकी हुई है। तुम ऐसा क्यों नहीं करते कि इन साइकल वाले धर्मराज से कील-कांटे चबाकर ज़िन्दगी बसर करने वाले को मिलवा दो। हो सकता है, उनका धर्म इसकी भूख का समाधान कर सके।

#

चिड़े-चिड़ी सहमत हुए और अगले दिन मिशन पर उड़ चले। एक को नफ़रत के बाज़ार से निकाला, दूसरे को मोहब्बत के। मौका मिलते ही दोनों को मिला दिया।

#

उस रात कोई कहानी नहीं हुई। खिचड़ी नहीं बनी। अगले दिन चिड़ा-चिड़िया उनके हाल पूछने निकले।

#

कील-कांटे वाला गायब था। बमुश्किल शाम होते-होते साइकल वाला धर्मराज दिखाई दिया। मगर आश्चर्य - उसकी साइकल का पहिया धरती पर टिका हुआ था। उसका तेज,उसका प्रताप - सब ठंडा !

चिड़े-चिड़ी ने उस रात यही किस्सा हीर-रांझे को बयान किया। न हीर को नींद आई,न रांझे का इरादा बांसुरी उठाने का हुआ।

#

सुबह अनमनी हुई। दोपहर का शूट बेजान। लेकिन शाम होते-होते मौसम बदलने लगा।

हीर के हाथ पांच पार्टियों के मैनिफेस्टो हाथ लगे।

मुख्यालय एक, मैनिफेस्टो पांच !

इस उलटबांसी से हीर के सारे सवाल सीधे हो गए।

हीर ने रांझे को पांच बार गले लगाया और रात हो गई।

#

इस रात चिड़े-चिड़िया ने जो खिचड़ी बनाई , वो ज़्यादा स्वादिष्ट थी।

इस बार कहानी चिड़े-चिड़िया ने नहीं हीर ने सुनाई -

एक आश्रम था। आश्रम के गुरु शिष्यों को ध्यान करवाते। कुछ दिनों से ध्यान में चूहे खलल डालने लगे। ध्यान शुरू होता कि उनकी धमाचौकड़ी शुरू हो जाती। गुरु जी ने उपाय किया, एक बिल्ली लाकर कोने में बाँध दी। बिल्ली सोई रहती, चूहे उसके डर से पास तक नहीं फटकते। ध्यान शांति से चलने लगा।

बरस बीते। बिल्ली बंधी रही, ध्यान चलता रहा।

एक दिन गुरु जी का देहांत हो गया।

उत्तराधिकारी ने गद्दी संभाली। कुछ समय बाद बिल्ली बूढ़ी होकर मर गई। आश्रम वालों ने नई बिल्ली लाकर बांध दी।

अब पीढ़ी दर पीढ़ी नए गुरु आते गए, ध्यान चलता रहा, बिल्लियां बांधी जाती रहीं। एक समय बाद किसी को याद नहीं रहा कि बिल्ली क्यों बांधी जाती है? जो आता बिल्ली को प्रणाम करता, ध्यान में लग जाता।

आश्रम पहुंचे एक कन्सल्टेन्ट ने किताब लिखी - ध्यान में बिल्ली का महत्त्व।

किताब इतनी बिकी कि लोग ध्यान भूल गए, बिल्ली रखने लगे।

बिल्ली के बिल्ले बिके, बिल्ली के पर्चे बिके, बिल्ली के चर्चे बिके।

अब बिल्ली ही बिल्ली है, बाकी सब मिथ्या है।

कहानी सुनते ही रांझा का मन प्रकाशमान हो उठा।

पार्टी मुख्यालय आश्रम है, बाकी सब बिल्ली है।

चिड़े-चिड़िया को बोध प्राप्त हुआ। वे आसमान में उड़े।

कील-कांटे खाने वाला प्रकट हुआ जिसे कन्सल्टेन्ट ने किचन में ला अपॉइंट किया था।

उसने बाड़ पे लगे तार और शीशे की किरचें खाकर रास्ता बनाया।

हीर-रांझे समेत तीनों पार्टी मुख्यालय से पार हो गए।

बाहर साइकल वाले धर्मराज खड़े थे।

उन्होंने साइकल का साइकल रिक्शा बना लिया था। सब उसमें सवार हुए।

साइकल रिक्शे ने स्पीड ली। इस बार उसके पहिये ज़मीन से एक नहीं, दो बालिश्त ऊपर चल रहे थे।

चिड़े ने चिड़िया को उड़ते-उड़ते कैफ़ भोपाली का शेर सुनाया -

गुल से लिपटी हुई तितली को गिराकर देखो

आँधियो तुमने दरख़्तों को गिराया होगा

रिक्शा हवा में विलीन हुआ।

कन्सल्टेन्ट का आशियाना उजड़ गया।

जंतर मंतर जादू तंतर -1

वह कन्सल्टेंट था !

उसने कार्ल मार्क्स, महाराणा प्रताप, भगतसिंह, हनुमान चालीसा, नमाज, घंटियां, अजान, क्रॉस, अगरबत्तियां, लोबान, इस्राइल, फिलीस्तीन, रूस, यूक्रेन, अमेरिका, चीन, गूगल, अमेजान, यू-ट्यूब, इन्स्टाग्राम - सारा मिलाकर बदन पर छिड़क लिया। उसके बाद वायलिन लेकर जंतर-मंतर पर बैठ गया।

लोगों ने जंतर-मंतर पर पहली बार एक खूबसूरत गिरगिट को वायलिन बजाते देखा।

चमत्कार ये था कि वायलिन कभी गिटार हो जाता, कभी फिर से वायलिन।

वो मोहब्बत की धुन बजा रहा था।
धुन और धज में वो सम्मोहन था कि लोग मंत्रबिद्ध से खड़े रह गए।

अब गिरगिट उठा और चलता-बजाता आगे बढ़ चला।
पब्लिक पीछे-पीछे, गिरगिट आगे-आगे।

गिरगिट जाकर एक चमचमाते बाजार में रुका।
बाजार रोशन हो गया।

गिरगिट आगे बढ़ा और एक बाग में पहुंचा।
बाग फल-फूलों से लद गया।

बाग से निकलकर वो वायलिन बजाता-बजाता नदी किनारे पहुंचा।
वह नदी में उतरा, पब्लिक भी नदी में उतर गई।

नदी के पार जंगल था।
गिरगिट जंगल में चला गया।
पब्लिक नदी में डूब गई।

गिरगिट ने पब्लिक को पाठ पढ़ाया -
नदी डूबने के लिए होती है, जंगल गिरगिट के लिए।
हर जंतर-मंतर अंतत: एक जंगल में जाकर खत्म होता है।

डूबी हुई पब्लिक को बशीर बद्र का शेर तब समझ में आया -

मुझे इश्तिहार सी लगती हैं ये मोहब्बतों की कहानियां
जो कहा नहीं वो सुना करो, जो सुना नहीं वो कहा करो।

जंतर मंतर जादू तंतर -2

मोहब्बत की जंतर-मंतर कथा का दूसरा वर्शन ये है -

इसमें पहला हिस्सा तो वही का वही है -

वह कन्सल्टेंट था !

उसने कार्ल मार्क्स, महाराणा प्रताप, भगतसिंह, हनुमान चालीसा, नमाज, घंटियां, अजान, क्रॉस, अगरबत्तियां, लोबान, इस्राइल, फिलीस्तीन, रूस, यूक्रेन, अमेरिका, चीन, गूगल, अमेजान, यू-ट्यूब, इन्स्टाग्राम - सारा मिलाकर बदन पर छिड़क लिया। उसके बाद वायलिन लेकर जंतर-मंतर पर बैठ गया।

लोगों ने जंतर-मंतर पर पहली बार एक खूबसूरत गिरगिट को वायलिन बजाते देखा।

चमत्कार ये था कि वायलिन कभी गिटार हो जाता, कभी फिर से वायलिन।

वो मोहब्बत की धुन बजा रहा था।

धुन और धज में वो सम्मोहन था कि लोग मंत्रबिद्ध से खड़े रह गए।

गिरगिट उठा और चलता-बजाता आगे बढ़ चला।

अब पब्लिक पीछे-पीछे, गिरगिट आगे-आगे।

आगे का नया प्री-क्लाइमेक्स और क्लाइमेक्स ये है -

गिरगिट जाकर एक चमचमाते बाजार में रुका।

उसने एक कोना जमाया और भीड़ से कहा -

ये है मोहब्बत की दुकान।

नफरत के बाजार में भगदड़ मच गई।

जिसे जो मिला उसे लेकर भाग छूटा।

तभी गिरगिट के माथे पर एक पत्थर लगा और
वायलिन टूट गया।

मजनूं सामने पत्थर लिए खड़ा था।

यह उन्हीं पत्थरों में एक था, जो उसने कभी लैला की मोहब्बत में भीड़ से खाए थे।

लैला ने अपनी पाजेब की झनकार में कहा - मोहब्बत की दुकान? अरे ,दुकान अगर हुई तो सौदे की रेटलिस्ट भी होगी। रेटलिस्ट है तो प्रॉफिट का हिसाब भी होगा।

जो मोहब्बत में भी प्रॉफिट निकाल ले उसे इश्क की इल्लत पालने की बजाय परचून का धंधा डाल देना चाहिए।

सुनते ही भीड़ बलवाई हो गई।

गिरगिट कन्सल्टेंट में बदला और अन्तर्ध्यान हो गया।

जुमला कंपनी
द कन्क्लुज़न

मोहब्बत अदावत वफा बेरुखी
किराए के घर थे बदलते रहे।
- बशीर बद्र

ख़ुदकुशी ज़ुर्म भी है सब्र की तौहीन भी है
इसलिए इश्क़ में मर-मर के जिया जाता है

इशरत सिद्दीक़ी के शेर के भरोसे कुछ सुर्ख़ फूल बिखरे और झाड़ियों में गुम हो गए।

पूरब में लाली छाई हुई थी।

सोहनी-महिवाल आज लोधी गार्डन नहीं फूलों की ऐसी घाटी में खड़े थे जहाँ कोई जॉगिंग ट्रैक नहीं था। न वहां कोई अनुलोम-विलोम कर रहा था, न तक़रीरें झाड़ रहा था, न सरकारें गिरा रहा था।

न टैक्स बचाने की तरकीबें भिड़ा रहा था, न आर्टिफिशियल इंटेलिजेंस के ख़तरों पर बोलता हुआ अपना ही वीडियो बना रहा था।

लाइक्स, सब्सक्राइबर, रील की चिंताओं से मुक्त तितलियां उड़ रही थीं।

नए-नए फूल खिल रहे थे।

हवाएं रास्ता बुहार रही थीं।

पत्ते एक-दूसरे से टकराकर एक सरगम सुनाते थे-
मोहब्बत इसको कहते हैं।

#

सोहनी-महिवाल अकेले न थे, उन्हें घेरकर सारे अमर प्रेमी खड़े थे।

- आख़िर वे सोहनी-महिवाल ही तो थे जो खुद गीत गाते-गाते बोर हो गए थे। जिनका एक मटके की वजह से सारे मटकों पर से विश्वास उठ गया था। जो इनसे ऊपर उठकर कुछ नया करना चाहते थे।

- आख़िर वे सोहनी-महिवाल ही तो थे जिन्होंने पहली बार ज्ञान प्राप्त किया था कि उनका भी एक ब्रांड है,ब्रांड की कोर वैल्यू है मोहब्बत। ब्रांड का विज़न है- 'किक' यानी दिमाग़ी केमिकल्स की कॉकटेल से उपजी तगड़ी गंध और अद्‌भुत स्वाद का एहसास।

- आख़िर वे सोहनी-महिवाल ही तो थे जिन्होंने पहली बार समझी थी 'बिज़नेस स्ट्रैटेजी' कि कपड़ों के धंधे में कपड़ों के बिना, कपड़ों का उनका पहला ब्रांड होगा -

कपड़े जो विचार हैं

विचार जो जुमले हैं

जुमले जो ज़िन्दगी हैं

जुमले ही ज़िन्दगी हैं

#

आज सारे अमर प्रेमी उन्हें घेर कर खड़े थे। क्या लैला,क्या मजनूं। क्या हीर, क्या राँझा। क्या मिर्ज़ा,क्या साहिबां। क्या सस्सी, क्या पुन्नू। क्या शीरीं, क्या फ़रहाद। क्या ढोला, क्या मारु। क्या मूमल, क्या महेंद्र। क्या रोमियो, क्या जूलियट।

सबने मोहब्बत की तिजारत का स्वाद चखा था।

सब एक ही फ़िक्र में डूबे थे।

सब एक ही धुन से उबरे थे।

#

आज रहस्य खुला ।

आज वे सब सोहनी-महिवाल के आंसुओं की धार में नहा रहे थे।

सोहनी-महिवाल तो जुमला कंपनी एल एल पी खुलने के बाद आई पहली अमावस को ही कंपनी से बेदखल हो गए थे।

उनका कुछ न रहा था,वे कहीं नहीं थे पर सब किरदार,सब सौदे उनके नाम से बिक रहे थे।

- मोहब्बत का ब्रांड
- मोहब्बत की दुकान
- मोहब्बत का झूठ
- मोहब्बत का सामान
- मोहब्बत के बंगले

- मोहब्बत के जुमले

- मोहब्बत के धंधे

- मोहब्बत के बन्दे

- मोहब्बत के वादे

- मोहब्बत के इरादे

- मोहब्बत का जुलूस

- मोहब्बत का झाड़-फानूस

सब कुछ !

सब कुछ !!

#

क्या ही अच्छा हुआ कि मजनूं ने दुकान का सत्य पहचाना और इतिहास में पहली बार - पत्थर खाया नहीं, पत्थर मारा।

क्या ही अच्छा हुआ कि शीरीं ने सच को जान लिया और रेतीले मरुस्थल में जाकर अंगूर की बेलें लगाने लगीं।

क्या ही अच्छा हुआ कि रोमियो ने फिर उन पन्नों में विश्राम पाया जहाँ वह अपने दुखों के अतीत में मोहब्बत की चमक चीन्ह सकता था।

क्या ही अच्छा हुआ की मूमल मोहब्बत से खाली आत्माओं का सच फिर से जान गई और एक ऐसा स्कूल चलाने लगी जिसमें भूख और रोटी के पाठ चलते हैं।

क्या ही अच्छा हुआ कि हीर ने कील-कांटे खाने वाले प्यारे इंसान का साथ और ज़मीन से बालिश्त भर ऊपर उठने के

रहस्य को पाया, और बाड़ के पार हुई।

आंसुओं की नदी में नहाकर उन्होंने जाना

- कि वे मोहब्बत तो कर सकते हैं, उसकी दुकान नहीं लगा सकते।

- कि वे इश्क़ का कोरमा, लगाव के कोफ्ते, तड़प का सैंडविच या लगन की कुल्फी नहीं बेच सकते।

- कि ये सब भीतर की बातें हैं, इनके इश्तेहार और जुलूस की दुनिया में उनका कोई काम नहीं ।

वे सब गले मिले, इंद्रधनुष बनाया और आसमान में टांगकर घाटियों में दूर अपनी दुनिया में चले गए।

तभी झुरमुट से कोई गिरगिट कूदा
झाड़ी में छुपे हीर के चाचा के कंधे पे
आके बैठ गया।

कंसलटेंट का काम कभी ख़त्म नहीं होता।
उसने इन्द्रधनुष पे निशाना साधा और
तितलियों पर जा लगा।

अब कोई नई कंपनी खड़ी होगी।